삶과
맞닿아 있는
도서관의 힘

삶과 맞닿아 있는 도서관의 힘

발행일   2021년 11월 26일

지은이   강상도
펴낸이   손형국
펴낸곳   (주)북랩
편집인   선일영   편집   정두철, 배진용, 김현아, 박준, 장하영
디자인   이현수, 한수희, 김윤주, 허지혜, 안유경   제작   박기성, 황동현, 구성우, 권태련
마케팅   김회란, 박진관
출판등록   2004. 12. 1(제2012-000051호)
주소   서울특별시 금천구 가산디지털 1로 168, 우림라이온스밸리 B동 B113~114호, C동 B101호
홈페이지   www.book.co.kr
전화번호   (02)2026-5777   팩스   (02)2026-5747

ISBN   979-11-6836-035-8 03810 (종이책)   979-11-6836-036-5 05810 (전자책)

(주)북랩 성공출판의 파트너

북랩 홈페이지와 패밀리 사이트에서 다양한 출판 솔루션을 만나 보세요!

홈페이지 book.co.kr   •   **블로그** blog.naver.com/essaybook   •   **출판문의** book@book.co.kr

작가 연락처 문의 ▸ ask.book.co.kr

작가 연락처는 개인정보이므로 북랩에서 알려드릴 수 없습니다.

책과 책 사이로 마음이 흐른다

삶과
맞닿아 있는
도서관의 힘

강상도 지음

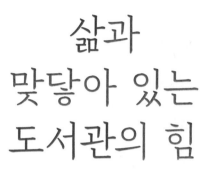

북랩 book Lab

동네 도서관에서 우연히 마음에 딱 맞는 책을 발견했을 때의 기분은 엄청난 보물을 만나는 것처럼 기쁘다. 그 자리에서 읽어 나아가는 시간 동안 도서관의 시간이 멈춰 있는 듯 오직 독서의 세계로 빠질 때가 있다. 그 분위기가 좋아 도서관을 자주 찾아갔다. 서가 곳곳을 여행하면 여러 주제의 책들을 살펴보는 것만으로 행복한 시간이었다. 심오한 니체를 만났고, 공정과 정의의 화두를 던진 마이클 샌델 교수에게 물어봤다. 세계 문명의 역사를 탐험하는 것 외에, 무일푼으로 동서고금의 철학자와 교감했던 시간은 얕은 지식이 지적으로 성숙되어가는 과정이었다.

이 책은 독자에게 삶과 맞닿아 있는 도서관이 가진 선한 영향과 활용방법을 소개하기 위한 책이다. 도서관을 자주 이용하는 이용자뿐만 아니라 도서관과 점점 멀어지는, 또는 잠재적인 도서관 이용자에게 다가가는 마음으로 그 방법을 찾고자 하였다. 도서관은 이용자를 위해 존재한다. 도서관에 이용자가 없으면 도서관 정체성이 유명무실해지기 때문이다.

도서관을 자주 이용할수록, 도서관을 누리면 누릴수록 내가 접하는 정보의 폭은 넓어진다. 요즘 도서관은 집보다 편안하고 안락하다. 읽을거리가 많고 볼거리와 체험할 것도 많다. 도서관은 우리 삶의 질을 높여주는 공간이다.

일론 머스크, 래리 페이지, 마크 저커버그, 스티브 잡스 등에게 영향을 미친 곳이 동네 도서관이다. 그들은 구석진 곳에서 책만 읽은 것이 아니라 인문학적 삶도 흡수했다. 사람을 생각하고 이해하는 그들의 힘은 단순히 책뿐만이 아니라, 공간이 가진 보이지 않는 책문화에서 나왔다. 그것이 인문과 과학을 융합하는 그들의 힘을 키웠다.

이와 같이 도서관은 그 자체가 선한 영향력의 존재 가치를 증명해주는 공간이다. 선한 영향력의 주체인 사서는 세상의 모든 기억들의 책을 깨운다. 책을 분류하고 안내하고 질문한 것들을 처방하는 것은 이용자에게 선한 영향력을 미친다. 그 속에서 문화가 자라고 개인이나 사회가 새로운 것들을 발견하게 된다.

도서관을 잘 활용하기 위해서는 어떻게 해야 할까? 이 책은 사서로 일하는 필자의 체험기다. 도서관에서 성장하는 과정을 이용자의 시선으로 직접 보며 썼다.

도서관을 이용하는 그 자체가 문화를 누리는 방법일지 모르지만 어떻게 이용하고 활용하느냐에 따라 조금이라도 삶이 달라질 수 있다는 마음을 이 책을 통해서 전하고 싶었다. 도서관에서 근무하는 사서가 이용자에게 전하는 이용방법도 되고, 나아가 습관화된 도서관 생활의 루틴으로, 오롯이 나로 나의 이웃과 함께 성장하는 응원의 메시지를 담았다.

구석구석 보이지 않는, 몰랐던 도서관 속 이야기를 끄집어냈다. 도서관을 일상처럼 이용하는 이용자도 있고 그렇지 않은 이용자도 있을 것이다. 이 모든 도서관 이용자와 함께 도서관을 슬기롭게 활용할 수 있도록 도움을 주고자 써 내려갔다.

나는 반복되는 일상에서 무력감이 생기거나 불안하거나 새로운 도전이 필요할 때 동네 도서관에 가는 버릇이 생겼다. 도서관에 가면 마음이 안정되는 느낌이라고 할까? 편안한 상태에서 내가 좋아하는 주제의 책들을 들춰보며 또 다른 모험을 떠났다.

도서관에서 책을 읽고 글을 쓰고 작가를 만났다. 때론 고전을 탐닉했고 문학기행을 떠났다. 함께 토론하여 사고의 영역을 넓혀갔다. 도서관은 그렇게 진화하고 있었고 나 또한 그 공간에서 아이들을 만났고 아이들이 책을 좋아하게 하고 꾸준히 습관화할 수 있도록 하기 위해 고민했다.

도서관만큼 삶의 가치를 채워주는 것도 없다는 것을 알았다. 딱히 도서관 '덕후'는 아니지만 열혈 이용자로서 습관적으로 지방이나 외국에 갔을 때 생각나는 곳이 도서관이다. 모르는 사람에게, 또는 조금이라도 아는 이에게 도서관을 이용하라고 권한다.

이제 스스로 질문을 던지고 답을 찾아가는 것은 이용자의 몫으로 남겨져 있다. 도서관의 다양한 이야기를 곁들이고 평생 나아가고자 한다면 개인적으로 또 다른 성장의 계기가 주어지는 하나의 출발점이 되리라는 기대에서, 여전히 가슴을 뛰게 하는 잠재력과 지속 가능성을 열어주는 데 조금의 보탬이 되었으면 좋겠다.

2021년 가을

강상호

CONTENTS

1장

삶과 독서

불안의 시대,
독서와 글쓰기

　코로나19로 일상을 힘겹게 버텨내고 있는 것이 요즘의 현실이다. "위기가 곧 기회"라는 말이 있듯이 이를 극복할 수 있는 방안을 고민해 보는 것은 당연한 생각이겠다. 사회적 거리두기로 인해 일상이 더욱 힘겹다. 이럴 때 책을 매개로 삶의 일상을 찾아보면 좋을 것 같아 생각을 보탠다.

　독서하는 인구가 계속 줄어들고 있다. 2019년 국민 독서 실태 조사에 따르면 성인 기준 종이책의 독서율과 독서량이 2017년에 비해 각각 7.8%포인트, 2.2권 줄어든 것으로 나타났다. 온라인 콘텐츠의 증가세로 전자책, 오디오북 이용이 점차 늘고 있는 추세다. 독서의 패러다임이 변하고 있음을 직접적으로 보여주고 있다.

　　"얼마나 많은 사람들이 한 권의 책을 읽고 자기 인생의 새로운 기원을 마련했던가!"

- 헨리 데이빗 소로우, 『월든』 중

독서하기 어려운 이유 중 성인의 경우 '책 이외의 다른 콘텐츠 이용(29.1%)'이 많은 부분을 차지한다. 이런 결과는 출판 및 독서문화 생태계에 상당히 영향을 미치고, 이러한 현상이 계속 지속되지 않을까 하는 불안감이 생기게 한다. 서점의 경우에도 오프라인 서점보다는 온라인 서점에서 책을 구입하는 경향이 확연히 늘어나고 있어 이러한 문제의 심각성을 들여다보아야 한다.

하지만 여전히 우리 삶에서 인간적인 면 대 면은 그 깊이를 달리 봐야 한다. 오프라인에는 온라인에서 할 수 없는 것들이 너무 많다는 것이 장점이다. 동네책방을 찾고 독서하는 마음, 집콕이나 거리두기가 아니라 마음을 함께 접촉하는 시간이 지금의 무기력한 일상을 극복할 수 있는 힘이 될 거라고 본다. 다섯 가지로 풀어보았다.

첫째, 동네책방은 책방지기만의 고유한 매력으로 사람을 불러모은다.

공간마다 전하는 개성으로 사람을 불러모으고 그 안에서 우리는 책을 읽고 사람의 향기를 맡아본다. 그 안에서 문화를 만들어가는 시너지 효과가 나온다. 책방지기의 북 큐레이션을 통해 개성 있는 책을 추천받을 수 있고, 책을 매개로 서로의 공감대를 만들어준다.

　둘째, 도서관은 삶의 풍경이 다르다.

　다양한 사람들이 연결되는 장소이고 환대의 공간이다. 그 속에서 색다른 향기를 맛본다. 책의 향기는 작은 곳에서 빛이 나고 읽지 않는 독자에게 읽을 수 있도록 끌림을 주기도 한다. 도서관은 삶을 연결한다. 우연함에서 발견한 책은 나의 스승이 되고 다양한 시대적 흐름을 읽어낼 수 있다. 공간에서 만나는 도서관 이용자는 서로의 멘토이자 멘티다.

　셋째, 불안과 우울감, 과부하 등 마음 회복에서도 책만큼 좋은 보약은 없다.

　코로나19로 인해 번아웃으로 번져 '코로나 블루'가 우리 삶의 곳곳에 심리적 불안감으로 자리 잡고 있는 상태다. 이를 극복하고자 책을 읽고 마음을 충만하게 하는 시간을 가져보도록 권하고 싶다. 책은 그 사람을 간접적으로 대변하지만 실은 직접적으로 마음을 보듬어줄 뿐만 아니라 살아가는 데 만족감을 상승시킬 수 있는, 수많은 에너지가 있어 폭넓다고 말할 수 있다.

넷째, 책을 선물하자.

책을 선물하는 것은 나의 마음을 선물하는 의미에서 서로의 마음을 접촉하는 시간을 갖게 한다. 책을 전하는 사람이나 받는 사람이 느끼는 감정은 심리적 안정감이다. 책을 주고받는 그 순간은 짧지만 책을 전달하는 속마음이 책에 담겨있기 때문에 그 무엇보다 소중하게 읽게 되고, 오랜 시간을 함께 머물러 있게 될 것이다.

다섯째, 하루의 일상을 글로 표현하고 반성하는 것도 나를 알아가는 데 도움이 될 뿐만 아니라 심리적 불안감을 극복하는 데 중요하다.

온라인 커뮤니티에 글을 공유하고 타인과의 소통을 통해 이해와 공감을 이끌어낼 수 있다. 집중해서 글을 쓰다 보면 나의 잘못된 생각들을 정리하고 다시 루틴화하여 생활의 안정감을 줄 뿐만 아니라 나를 되돌아보는 시간이 된다.

어려운 시국일수록 마음의 위로가 중요하다. 책을 선물하거나 편지, 시를 직접 적어 상대편에게 전한다면 삶의 향기는 더욱 바이러스처럼 퍼져나갈 것이라는 확신이 든다. 우리의 삶에서 필요한 것이 무엇인가? 지금은 서로를 생각하는 마음의 자세가 중요하다. 사회적 거리두기에서 마음을 접촉하는 시간을 늘려가야 할 것이다. 그중에서도 동네책방에 들러 책방지기의 큐레이션을 받거나 책과 함께하는 여유 있는 시간을 가져야 한다. 책 읽기는 지금의 시국에서 꼭 필요한 삶의 도구이다. 지금이 책 읽는 습관을 들일 적기다. 책을 읽는다는 것은 나를 읽는다는 의미를 내포하고 있기 때문이다.

중세 신학자 토마스 아 켐피스는 "내 이 세상 도처에서 쉴 곳을 찾아보았으되, 마침내 찾아낸, 책이 있는 구석방보다 나은 곳은 없더라"라고 말했다.

여기에서의 구석방은 요즘은 도서관이나 동네책방 또는 내가 가장 편안한 곳이라 할 수 있다. 책을 읽으며 이 불안하고 우울한 시대에 잠시나마 나를 찾고 삶의 행복을 찾는다면 이보다 더 좋은 기회가 없다. 기회가 희망이 되어 더 나은 삶으로 나아가는 시간이 되면 좋을 듯싶다.

독서와 글쓰기를 통해 흔들리는 불안감과 타인의 마음을 접촉해 보는 시간을 가져보기를 권한다. 함께 노력하지 않으면 쉽지 않지만, 결국 사람의 힘은 서로의 마음을 헤아리며 이해하는 것들이 필요하기 때문이다. 독서와 글쓰기는 아주 기본적이지만 실천하기가 어려운 것이 단점이다. 우리에게 지금이 가장 중요한 임계점이므로 이 시기를 놓치지 말고 사회적 차원에서 독서와 글쓰기를 위해 투자하면 좋겠다.

요즘, 변화와 불안과 경쟁이라는 것들이 삶을 결코 녹록치 않게 만들고 있다. 이는 여러 사회적 현상에서도 예견되고 있다. 그 중 한 예가 독서다. 도서관이나 책방에서 책을 읽는 사람들의 수나 분위기에서 우리 삶의 불안을 충분히 인지할 수 있었다.

엄연히 말하면 독서는 개인적이지만, 그럼에도 불구하고 사회·경제적 현상과 맞물려 있음을 부인할 수 없다. 우리나라 성인의 평균 독서량은 10권 수준의 책을 읽은 것으로 조사됐다. 과거보다 책을 적게 읽는 것으로 나타났는데, 가장 큰 원인을 시간 부족으로 꼽았다. 지금이라도 그 원인들을 잘 분석하고 잘 살펴보아야 할 때이다.

프랑스인들은 코로나19로 인한 봉쇄 전날 주로 슈퍼마켓과 약국으로 갔지만 특히 동네서점에 길게 줄을 서며 책을 구입했다고 한다. 그 이야기를 듣고 뇌리에 스친 것은 문화라는 것의 힘이었다. 오랜 세월 그들의 문화는 그렇게 쌓여 있기에 지금의 풍경이 된 것이라 유추해볼 수 있었다.

프랑스의 대표 동네서점인 셰익스피어 앤 컴퍼니, 100년이 넘는 역사를 자랑하는 이 서점에 최근 세계 각국의 고객들로부터 온라인 책 주문이 쏟아지고 있다고 한다. 코로나19로 폐점 위기에도 그 공간이 가진, 오래되고 삶으로 이어져온 책의 전통과 끌림의 향기가 늘 그 자리에서 독자를 기다리고 있음을 말해주고 있다.

"책이 안내해주는 넓고 깊은 사유의 세계"는 불행으로부터의 삶을 위로하고 위안을 주는, 우리가 알 수 없는 힘이 있기에 더욱 매력적이고 한 나라의 문화를 아울러 융성하게 만들고 있음을 인지해야 한다.

윌리엄 서머싯 몸은 "독서습관은 닥쳐올 인생의 여러 가지 불행으로부터 당신의 몸을 보호하는 하나의 피난처가 된다"라고 말했다. 넓고 깊은 불행으로부터의, 책이 안내해주는 준비를 이제 시작할 때이다.

독일 화가 케테 콜비츠의 말이 인상적으로 뇌리에 스친다.

"단 한번에 변화가 일어나지 않더라도 결국에는 천천히 변화가 일어날 것이다."

몰입의
독서

책은 하나의 작은 세계라 한다. 그 세계로 들어간다는 것은 새로운 판타지로 떠나는 모험 같은 것이다. 책의 위력은 보이지 않지만, 당연하게 받아들이고자 하는 마음만 있다면 우리는 반 이상 성공한 셈이다. 책을 읽는다는 행위는 나를 보는 것 외에 그 사람의 삶을 들여다보는 것이다.

어릴 적 책을 읽는 방법이나 책의 중요성에 대해 알지 못했다. 아무도 가르쳐주지 않았고 학교에서도 사실 구체적으로 가르쳐주지 않았던 시절에 교과서를 유일하게 책으로 읽었던 기억이 난다.

짧은 식견으로 살다 보니 우물 안 개구리 같았다. 산골의 집은 부모도 이웃의 동네 사람들도 고된 농사일로 일찍 주무시다 보니 저녁 9시가 되면 동네 전체가 어두웠다.

나는 그 시간에 스탠드 불빛에 의존하여 학업에 전념했다. 가끔 너덜너덜하고 오래된 동화책을 읽으며 꿈을 꾸었다. 그때는 그렇게 흥미롭지 못했다.

"내가 세계를 알게 된 것은 책에 의해서였다"라는 장 폴 사르트르의 말과 같이 독서를 통해 세상의 문을 두드리고, 의문이 있으면 질문하고, 비판도 서슴지 않는 아이로 변해갈 때 나는 보이지 않는 삶의 영역을 넓힐 수 있었다.

책을 읽는다는 것에 나는 무엇을 느끼고 있는가? 소통한다는 것 외에도 또 다른 시간을 만난다. 나는 그 시간만큼 텍스트와 주변의 공기를 무시하고 집중하는 순간을 만들면 한 시간 정도는 거뜬히 읽을 수 있었다.

생각의 다양성이 확장되다 보면 배경지식이 넓어진다. 선택할 일이 생기면 결정을 내려야 한다. 이때 중요한 것이 다양한 책에서 참고하여 갈등 고리를 끊을 수 있다는 것이다.

책을 읽을 때 중요한 것은 몰입(沒入)이다. 독서환경을 탓하지 말고 어느 공간에서든지 하고자 하는 마음과 그 시간만큼의 몰입을 통해 한 권의 책을 나와 일체가 된 듯 읽으면 주변의 유혹에서 벗어날 수 있다.

시간의 의식에서 벗어나면 무의식에 진입한다. 그럴 때 집중도가 높아지면서 오직 책 속의 텍스트를 따라 빠져들어가는 경험을 하게 된다.

나의 책 선택 방법은 동네책방과 도서관을 주로 활용하는 것이다. 오래 가다 보면 자연스럽게 흘러 책을 접하고 사람을 만난다. 사람과 책과의 만남은 돈으로 살 수 없기에 귀하다.

책방지기가 추천한 책에는 믿음이 간다. 책모임이나 책을 읽어왔던 경험을 자세히 듣고 나면 금세 그 책은 나의 손에 잡힌다. 읽고 싶은 끌림을 주기 때문이다. 알지 못한 세계로의 진입은 여행하듯 이끌렸다. 책방을 가는 이유는 바로 여기에 있었다. 많지 않은 주제의 책들은 책방지기의 삶으로 단단하게 채워졌기 때문이다.

도서관은 또 어떤가? 사서가 있고 주제별로 큐레이션한 책들은 나의 맞춤형 독서에 맞다. 이것도 아니면 한국 십진분류표를 참고하여 주제의 책을 찾으면 된다.

그 책의 느낌을 상세히 알고자 작가가 쓴 프롤로그와 에필로그를 참고하여 책을 선정하는 것은 나의 오랜 고집의 습관이다. 참고할 분만 참고하시면 될 듯하다.

다음으로 시공간이다. 특별히 독서하기 좋은 환경이란 없다. 스스로 환경을 개척해야 한다. 여러 장소가 있지만 도서관이 가장 적합한 장소다. 하지만 나는 그렇게 선호하지 않는다. 지금 생각해보면 집에서 독서할 때가 최상의 몰입 조건이되었다.

나의 서재방에서는 언제나 책들이 지켜보고 있다. 구입한 책들과 도서관에서 빌린 책들이 여기저기 너저분하게 흐트러져 있다. 나에게 독서하기 가장 좋은 시간은 일요일 새벽과 아침 사이다. 아무도 방해하지 않는 조건에서 한 문장 한 문장씩 눈으로, 마음으로, 생각으로 전환하다 보면 읽는 속도도 빨라 금방 책 한 권을 섭렵한다.

책을 읽는다는 것은 하고자 하는 마음의 행동이다. 당신이 아직도 책을 어렵게 생각한다면 한 발짝도 나아가기 힘들 것이다. 어렵다면 주변의 책 읽는 분들에게 도움을 청하는 것도 나쁘지는 않다. 그들의 책 경험은 나를 돌아보게 하기도 하지만 하고자 하는 시작이 있기에 고무적이다.

책 읽고자 하는 모든 분들께 응원의 메시지를 보낸다. "책을 읽으면 나의 삶에 생각 외로 다양한 경험을 인도한다"라고, 자기가 좋아하는 공간에서 몰입하는 독서로 그 책의 세계로 떠나보면 세상을 보는 눈이 달라질 것이라고 이야기하고 싶었다.

자연스럽게 책을 접하는
독서환경

학교도서관에서 근무하다 보면 학부모와 이야기하는 시간이 늘어난다. 도서도우미, 독서동아리 등 학부모와의 만남은 아이와의 책 읽기에 대한 고민과 괴로움이 동시에 번지게 한다. 자녀의 독서교육과 집안의 일에 대한 상담은 필수다.

"선생님, 우리 아이는 매일 휴대폰만 해요."
"우리 아이는 만화책만 봐서 큰일이에요."
"책을 보는 것을 좋아하지 않는 것 같아요."
"매일 똑같은 책만 읽는 것 같아 속상해요."

학부모와의 독서상담은 논리정연한 것보다 그 아이에 맞게 공감하고 소통하는 것이 중요하다. 스마트폰만 보는 아이에게는 집의 환경이 중요하다. 작게나마 책 읽는 공간을 마련하여 부모와 함께 책 읽는 시간을 가져야 한다. 함께 책을 읽거나 읽어주는 것도 좋다. 책을 읽고 나서는 함께 책 이야기를 나누는 시간을 가진다. 동네 도서관을 가거나 서점에 가는 것도 좋다. 책을 읽지 않아도 그 분위기에 이끌리다 보면 자연스럽게 책을 읽는 마음이 생길 것이다.

만화책만 보는 아이인 경우에는 관심 있는 주제의 도서로 바뀔 수 있도록 유심히 살펴보아야 한다. 예를 들며 역사인물 만화책을 보는 경우 아이 수준보다 낮은 역사책을 추천해 보는 것도 나쁘지는 않다. 만화책을 보면 인물이 나오는데 그 인물을 알아보면서 서서히 역사책으로 연결하고 관심을 가지도록 한다.

부모는 아이가 어떤 책을 읽고 있는지, 어떤 주제의 책을 많이 보는지 유심히 관찰하고 기록할 필요성이 있겠다. 이를 통해 아이의 관심도를 파악하고, 아이가 끌리는 책은 앞으로의 독서 향방에 많은 방향성을 제시하기에 더없이 집중하고 노력해야 한다. 어쩌면 부모는 제2의 인생선배로, 아이에게 미치는 영향과 효과는 상당히 크다.

따로 서재 공간이 있다면 아이가 좋아하는 책들을 주제별로 정리하고 공간을 마련해주는 것도 필요하다. 함께 읽어보는 것도 좋은 방법이다. 아이는 어떤 느낌으로 이 책을 읽는지 제대로 알 수 있을 것이다. 읽은 후 각자 이야기를 나누면 된다. 이때 유의할 점은, 질문은 하지 말아야 한다. 오늘은 책

수다만 떨면 된다. 자연스러운 이야기를 시작으로 차츰 넓혀가는 것이 아이에게도 부모에게도 부담이 없고, 다음 시간이 기다려지게 분위기를 만들어주면 된다.

"칭찬은 고래도 춤추게 한다"는 말이 있듯이 아이에게 칭찬은 책 읽기의 보약과 같다.

"무슨 책을 읽고 있니?"

"삼국지 책을 읽고 있어요."

"아버지는 청소년 때 읽어봤는데 아들은 초등학교 때 벌써 읽고 있구나! 아주 흥미진진하고 재미있단다."

칭찬은 앞으로 독서하는 데 의욕과 자신감으로 나타난다. 우리 눈에는 보이지 않지만 정서적·심적으로 그 효과는 삶의 한 부분을 엄청나게 좌우한다. 독서에는 많은 시간과 노력, 인내가 요구됨을 알고 있어야 좋은 성과로 이어질 수 있기 때문이다. 우리가 알고 있는 상식과 정보, 지식이 쌓여도 독서는 정말 어렵고도 어려운 교육이다. 우리는 이를 알고 있기 때문에 가정에서나 학교, 기관에서도 독서의 중요성을 내세우고 있다. 하지만 하루아침에 이루어지지 않는 것은 과거에도 현재도 미래에도 알고 있다. 끊임없는 노력과 투자도 필요하지만 환경을 만들어주는 것은 정말 중요한 독서의 필요조건이라 할 수 있다.

현재 국어교과의 핵심적 목표는 '표현(말하기, 쓰기)'과 '이해
(듣기, 읽기)'능력을 계발하는 것이다. 따라서 학생이 자신의 생
각을 표현하고 이해하기 위해서는 책 읽기가 바탕이 되어야
한다. 다양한 아이들이 모여 있는 학교와 학급에서 개개인의
맞춤형 독서가 되기가 어렵다. 이 한계를 극복하고자 한다면
가정에서의 독서가 어느 정도 담겨 있어야 한다.

아이의 특성과 책 읽는 방식이 고려되지 않으면 독서는 쉽게
접근할 수 없는 교육이 될지도 모른다. 가장 기초적인, 이끌림
을 주기 위한 책 읽기가 선행되어야만 할 것이다. 동기유발과
격려적 차원에서 담임선생님의 역할도 중요하게 작용한다.

아이들에게 충분히 독서할 시간을 주어야 한다. 학교는 아
침시간, 가정에서는 저녁시간을 잘 활용해야 하지만 이 시간
이 어려울 경우 주말에 한 시간이라도 환경을 만들어주어야
할 것이다. 책 읽는 시간이 많을수록 독서하는 마음이 배로
증가된다.

"독서는 하루아침에 기적적으로 일어나지 않는다." 수많은
책과 학자들은 독서에 대해 고민한 흔적들을 남겼다. 참고는
될지언정 적용하기에는 어려움이 많다.

아이에게 책을 접할 때의 마음을 기억하고 스스로 읽어가는 과정을 잘 보살펴주어야 한다. 아이의 눈으로 보는 세상을 책과 함께할 수 있는 환경으로 제공하는 것이 중요한 요건 중의 하나다. 우리는 이미 알고 있지만 포기하는 경우가 많았다. 하지만 그 내면에서 축적된 시간은 큰 영향을 주었다.

현재는 다양한 매체들이 독서환경을 빼앗아가는 경우가 많아졌다. 적절하고도 조화롭게 독서환경을 만들어준다면 책 읽기는 자연스럽게 자리 잡을 것으로 예상된다.

놀이의 경우 쉽게 저절로 습득하고 재미있고 즐겁게 보내는 아이들을 보면 책은 접하기까지 얼마나 많은 시간을 기다려야 하는지 의문이 들 때가 많았다. 놀이와 독서는 다른 의미겠지만 이론적으로 생각하면 쉬울 것이다. 그럼에도 불구하고 독서는 어릴 때 습관을 들여야 한다는 사실은 누구나 알고 있다. 쉽지 않지만 유아기부터 책과 친해질 수 있도록 놀이와 함께 풀어간다면 차츰 몸과 머리로 기억하지 않을까 하는 생각이 든다.

음식도 조미료가 들어간 맛보다 자연의 맛으로 조리하면 건강에도 좋을 뿐만 아니라 혀끝에 전해오는 향이 오래 남는다. 독서도 그런 의미에서 자연스럽게 접할 수 있는 환경을 만들어주고 오래 몸속에 배이도록 심어주면 좋을 듯싶다.

책을 읽는다는 것은 간접경험을 통해 배경지식을 넓혀가는 것으로, 그 무엇보다도 중요하다. 동서고금을 통틀어 독서를 중시하지 않았던 적이 없었다.

결론적으로 나는 아이들이 자연스럽게 책을 접할 수 있는 독서환경이 그 어느 때보다 중요하다고 말하고 싶다. 덴마크의 행복사회도 하루아침에 일어나지 않은 것처럼, 아직 늦지는 않았다. 나와 당신이 그 씨앗들을 뿌릴 때이다. 그래서 조금이라도 아이들이 책을 읽으며 즐겁고 행복해지면 좋겠다.

슬기로운
독서생활이란

책을 완독하면 기분이 좋아진다. 읽는 잠시의 과정은 어렵지만 그 끝은 영화처럼, 판타지처럼 짜릿하다. 삶이란 것이 경험을 통해서 인생의 가치관을 형성하고 담아내지만 책에서 얻는 지혜도 함께 맞물려 있어야 세련되고 지적인 인격체가 만들어진다.

어릴 적 초등학교 운동장에 우뚝하게 서 있는 플라타너스나무 아래에서의 추억이 떠올랐다. 플라타너스나무 아래에서 선생님이 읽어 준 시는 달콤했고 그 시절 순수했던 마음들이 아직도 그곳에 걸려 있다.

참 그늘이 되어준 플라타너스 나무는 놀이터가 되어주었고 쉼터가 되어준 그 나무 아래에서 꿈을 꾸기도 하였다. 책도 읽으면 읽을수록 그 큰 고목처럼 세월만큼이나 단단하고 굵디굵은 삶의 깊이가 담겨 있다는 것을 알 수 있었다.

필자가 다녔던 중학교에는 학교도서관이 없었다. 아주 작은 학급문고가 있었는데 오래된 책들이 놓여 있었다. 굳게 닫힌 문에 책 몇 권만이 있었지만 볼 생각은 없었다. 읽지 않으니 기억이 나지 않는다. 대학교 때 도서관이 이런 곳이라는 것을 처음으로 알게 되었다. 서가에 꽂힌 무수한 책들을 바라보며 책의 세계에 빠져들기 시작한 시점이기도 하다. "천국이 있다면 도서관 같은 곳"이라는 보르헤스의 말처럼 천국의 맛을 느끼고 빠져들었다. 읽었던 기억들의 편린이 잘 나타나지 않지만 힘겨운 삶에 한번씩 나를 짓눌렀던 것들의 편협함을 받쳐주기에 좋은 인생의 도구가 되었다.

어릴 적 책 읽는 과정들이 좋은 습관으로 연결고리처럼 이어지기 때문에 책 읽는 마음이 오래 지속될 수가 있었다. 슬기로운 독서생활은 오랜 기간 다져진 습관에서 나온다. 늘 책이 머리맡에 있었고, 화장실 등 머문 곳이라면 어디든 책은 늘 있었다. 마음의 끌림으로 지속하다 보면 몸은 움직이고 자연스럽게 반응한다.

학교도서관에서의 경험은 큰 자산이다. 특히 아이들의 특성을 파악하여 그에 맞는 맞춤형 책 큐레이션을 해주면 아이들의 책 성장에 많은 영향을 미친다.

"사서 선생님, 지칠 때 볼 만한 책 추천해주세요." "용감해지는 책 있나요?" "축구 잘하게 되는 책 있을까요?" 등 이들의 질문은 엉뚱하면서 진지하다. 어쩌면 그런 질문들이 나를 당황하게 하기보다는 또 하나 배우는 것 같아 미안함이 더 앞선다.

『뉴욕 도서관으로 온 엉뚱한 질문들』이라는 책이 생각났다. 어느 날 뉴욕 공공도서관 창고에서 사서가 오래된 질문 상자를 발견했는데 1940년대부터 1980년대 후반까지의 뉴욕 도서관 이용자들이 사서에게 질문한 엉뚱하면서도 기발하고, 웃음을 자아내는 질문들은 당시 시대상과 사람들이 궁금해 하던 구체적인 관심사를 담고 있었다.

질문은 호기심을 자극하고, 궁금했던 것들을 사서와 함께 알아가는 것은 도서관에서 가장 중요한 이용자 서비스 중 하나일 것이다. 책을 매개로 이용자는 또 하나의 접근성을 높였고 사서는 책의 데이터 정보를 축적하여 이용의 신뢰성을 담았다. 이용자의 믿음은 슬기로운 독서생활에서 도서관과 사서, 이용자와의 관계가 책 읽는 끌림으로 가는 태도라 여겨졌다.

다음은 책모임이 중요하다. 책은 누구나 읽지만 혼자 읽는 것과 함께 읽는 것은 엄연히 다르다고 볼 수 있다. 혼자 읽는 것은 나만의 편협에 잠겨 다양한 방향과 시각을 가지지 못할

우려가 분명히 존재한다. 하지만 개인적으로 책을 꾸준히 읽어온 필자도 한곳에 머물러 있는 것처럼 계속 성장하지 못하는 오류를 범하게 되는 것 같았고, 오랜 시간 동안 빚어진 독서습관으로 인해 생각이 깊게 들어가지 못한 것이 지금에 와서야 후회되었다.

어느 직장의 독서모임에 참석한 적이 있었다. 10년 넘게 이어온 모임은 짜임새가 있었고 각 회원 간의 유대가 매우 강화된 느낌이었다. 모임은 매월 두 번 정도 열렸다. 발제자가 먼저 지은이와 책의 전체를 소개하고 다음은 회원이 하고 싶은 이야기로 이어갔다. 여기서 중요한 것은 호응이 아니라 경청의 자세다. 모임은 참석자들이 함께하는 태도가 그 하루의 분위기를 좌우하기 때문이다.

이날은 프레드릭 배크만의 『하루하루가 이별의 날』이라는 책으로 진행했고 알츠하이머병에 대한 각자의 생각을 펼쳤다. 여기서 나는 내가 가진 편협한 생각들을 다른 사람도 가지고 있다는 것에 대해 알게 되었고 토론한 내용을 정리하고 새로운 사실을 알게 되었다는 점에서 책이 나에게 더 가깝게 느껴졌으며 한 권의 책이 또 다른 의미로 다가왔다.

이처럼 함께 읽는 책모임은 혼자 있는 것의 단점을 다양한 시각으로 보완할 수 있다는 점에서 슬기로운 독서생활에 필수적으로 추천한다. 오프라인이 안 될 경우 비대면도 시도해 볼 만하다.

> "본질을 무엇으로 보느냐에 따라 생각과 행동이 달라집니 다."
>
> - 박웅현, 『여덟 단어』 중

책을 읽는 방법도 책을 어떻게 이용하느냐에 따라 한 개인의 삶에 미치는 영향은 아주 크게 작용한다는 것은 그 오랫동안 선인들의 지혜와 삶 속에 단단함과 깊이로 숨겨져 있음을 알게 되었다.

마지막으로 도서관에 가거나 책방에 가면 좋겠다. 도서관은 누군가의 방해가 없으니 조용하게 책을 읽을 수 있다. 수많은 책들이 서가에 꽂혀 있는 공간에서의 독서는 일단 분위기에 취하고 집중도가 높아진다. 하지만 시간적 조율이 필요하고 스스로 자각하지 않으면 깊게 들어가지 못한다. 술술 읽히는 짧은 종류의 책을 읽고 그 외에는 도서대출을 하여 집에서 읽으면 된다. 삶의 태도가 중요하듯이 독서에도 독서하는 태도가 상당히 중요하다.

이 방법 외에도 스마트폰을 활용하여 서점, 도서관 등의 앱 (밀리의서재, 알라딘, 교보문고, 예스24, 오디오북, 전자책, 전자도서 관)을 다운받아 하나의 폴더에 저장하면 관심 있는 책들에 손쉽게 접근이 가능하여 바쁜 일상에 효과적으로 이용할 수 있는 방법이다.

아이가 학년이 높아질수록 교과 언어 수준, 즉 책 읽는 이해 수준도 점점 낮아지고 있다. 성인은 1년에 10명 중 4명이 책을 읽고 있어 독서 붕괴라 할 정도로 심각하다.

집에서 가까운 도서관이나 동네책방에 들러 흥미롭고 재밌는, 손에 닿은 책을 자연스럽게 스스로 선택하여 읽도록 해야 한다. 일주일, 한 달이 지나 페이지가 술술 넘어가고 1년이 지나면 그 결과 아이의 독서성장은 놀라울 만큼 향상될 것이다. 스스로 선택한 책은 재밌고 이해가 쉽고 흥미로워 언어능력과 독서 이해력이 올라간다는 것은 명백한 사실이다.

"도서관이나 동네책방에 들러 나의 인생 책 또는 흥미로운 책을 찾아라." 그 순간 독서 인생이 변화하고 즐거움의 독서습관이 평생 지속될 것이라고 확신하기 때문이다.

책 읽는 습관에서부터 하고자 하는 스스로의 끌림이 필요하다. 독서에는 왕도가 없지만 어릴 적 독서습관이 평생을 좌우하는 것은 간과할 수 없는 사실이다. 책 읽는 것도 슬기롭게 생활하여 튼실한 미래로 가기 위한 삶의 투자다.

'양손잡이 읽기 뇌'의
독서

디지털 독서는 간단한 조작으로 시공간의 제약을 받지 않고 할 수 있다는 매력을 갖고 있다. 그럼에도 여전히 독서에 가장 많이 활용되는 도구는 종이책이다. 종이책에 익숙한 독자들이 새로운 환경에 적응하도록 돕기 위해서는 종이책과의 연계 등 디지털환경에서의 다양한 독서 방법과 효과를 함께 고민하고 적용해 나가야 한다.

『2015 한국출판연감』의 통계에 따르면 전자책을 읽지 않는 이유로 '전자책에 관심이 없어서(21.6%)', '전자책을 접할 기회가 없어서(18.9%)', '종이책이든 전자책이든 독서에 관심이 없어서(17.9%)' 등을 꼽았고, 전자책을 읽기 위해 필요한 것으로는 '종이책처럼 눈이 편안해야 한다(30.4%)'는 응답이 가장 많았으며, 이어서 '전자책에 대한 경험, 지식, 교육이 필요하다(19.9%)', '전자책 이용 방법이 간편해져야 한다(15.8%)' 순이었다. 조사 결과에서 나타나듯이 전자책에 아직 관심이 없거나 그 필요성에 대한 인식이 부족한 것으로 보인다. 긍정적인 것은 2019년 국민독서실태조사 결과에서 종이책 이용률은 계속 줄어들고 있지만 전자책 이용률의 경우 성인 16.5%, 학생 37.2%로, 2017년 결과보다 각각 2.4%p, 7.4%p 증가했다는 것이다.

이 결과가 단순히 전자책에 대한 호기심으로 끝나선 안 된다. 책의 미래는 지속 가능하되 시대 변화에 능동적으로 대처할 수 있어야 한다. 넓은 의미에서는 디지털 리터러시를 함양하고 독서수준 격차 해소 등 장벽을 없애는 한편, 개인 단위에서는 독서환경에 맞는 맞춤형 매체를 찾아 독서의 즐거움을 확장해나가야 한다. 종이책을 읽든 전자책을 읽든 독자에게 맞는 공간에서 '책을 읽는 그 자체'가 즐겁고 편안하면 좋은 결과로 이어지는 것은 분명한 사실이기 때문이다.

디지털 독서 시대에 종이책을 조화롭게 이용할 수 있는 환경을 만들기 위한 필자의 제언은 다음과 같다.

첫째, 스마트기기와 e북 리더기 사용을 위한 디지털 활용능력 교육을 할 '생애 첫 도서관'을 만들어야 한다. 학교에서는 사서 선생님이 기기의 사용법과 활용법을 학생들에게 전수하고, 동네 도서관도 e북 리더기를 대여해주거나 활용하는 교육을 제공해야 한다.

둘째, 때와 장소에 따라 종이책과 전자책을 적절히 이용하는 것도 필요하다. 예를 들자면 여행이나 출퇴근할 때는 e북 리더기를 활용하면 좋다. 이동하는 동안 여러 책을 한 기기에 담아 읽을 수 있는 등 휴대가 간편하다는 이점이 있기 때문이다. 종이책의 경우는 도서관에서나 잠들기 전 편안한 자세로 집중하며 읽는 것이 가능하다. 전자책과 오디오북을 활용한 후 종이책과 연결하는 것은 독서의 지속 가능성을 높이는 또 다른 계기를 만들어준다.

셋째, 디지털 리터러시와 저작권 교육이 강화돼야 한다. 디지털화로 가는 세상에서는 저작권법을 필수적으로 모니터링하고 이해의 폭을 넓혀나가야 한다. 또한 동네 도서관에서 소외계층을 위한 맞춤형 독서를 지원하고 전자책, 오디오북 등 디지털환경에 최적화된 독서기반 조성 및 리터러시 교육을 강화해야 한다.

인지 신경학자 매리언 울프는 자신이 쓴 『다시, 책으로』에서 인쇄기반 읽기와 디지털기반 읽기 능력을 모두 갖춘 '양손잡이 읽기 뇌'의 중요성을 강조한다. 종이책과 디지털 독서를 함께 이용하는 독서경험이 많을수록 폭넓고 풍부한 독서 성장이 가능해진다. 따라서 종이책에만 의존하지 말고 디지털 환경의 변화에 따라 자신에게 맞는 다양한 독서기반을 마련하는 것이 중요하다. 그러기 위해서는 학교, 도서관, 가정에서 종이책 읽기와 디지털 독서를 결합한 디지털 리터러시 교육이 이뤄져야 한다.

디지털환경에서의 독서경험은 독자를 '성장'하게 만든다. 모든 것이 빨리 변화하는 디지털 시대는 새로운 일상에 최적화된 독서와 그에 적응하려는 '성장하는 독자'를 원하고 있다.

읽는 독자로
성장하는 법

학교도서관에 오는 아이들이 어떤 종류의 책을 대출하고 있는지 유심히 봐왔다. 아이들은 저학년일수록 또래 친구의 영향이 컸고, 고학년일수록 스스로 책을 찾아 대출하려는 경향이 있었다. 반면 사서교사나 담임선생님, 부모가 추천한 책을 대출하는 횟수는 많지 않았다. 여기서 중요한 것은 어린이의 세계를 알기 위해 관심의 영역을 넓히고 다양한 책들을 알아가는 것이다. 누구나 책 읽기에 적절한 시기가 오기 때문에 아이의 성장과정에 따라 든든한 읽기 독자로 만들기 위한 독서환경이 무엇보다 뒷받침되어야 한다.

책에는 우리가 살아가는 데 필요한 중요한 단서가 숨겨져 있다. 읽는다는 행위 그 자체가 매우 가치 있는 일이다. 우연히 만나는 책 속 주인공에서 용기를 얻거나 희망을 발견하고 잠시 나 아닌 누군가가 되어 그들의 삶 속으로 들어간다. 시공간을 넘나드는 그 짜릿함의 순간들이 그 꿈의 시작점이 되기도 한다. 끝이 없는 책 읽기는 나 자신의 성장을 돕기도 하지만 무엇보다 삶의 간접적 경험과 동기의 밑바탕을 튼튼하게 길러준다. 이러한 의미에서 책 읽기는 중요하다.

평생 읽는 독자로 나아가기 위해서는 생활의 루틴이 필요하다. 책을 읽는 습관이 몸에 자리 잡혀야 한다. 개인마다 다르겠지만 책을 읽는 공간이나 시간, 때로 필요에 의해 읽는 모든 행위들이 성장하기 위한 읽기의 시작이다.

읽는 독자로 성장할 수 있는 독서습관은 단순히 글을 이해하는 것에서 더 나아가 탐색하고 토론하는 능력들이 필요하다. 독서습관과 실천의 문제가 아니라 어릴 때부터 책과 친해질 수 있는 촉감에 노출되는 것이다. 소리 내어 읽어주거나 손이 닿는 곳에 책이 있도록 하여 자연스럽게 책을 만지고 깨물고 냄새 맡는 과정의 놀이가 어릴 때부터 책과 접촉하는 시간을 늘려주어, 앞으로 읽는 독자로 성장할 가능성이 높다.

디지털 시대는 급격한 변화를 가져왔다. 우리는 문해력, 즉 다양한 읽기 방식과 복합 양식 읽기에 주목해야 할 필요가 있다. 아이들이 디지털 독서기기를 잘 다룰 수 있게 하는 교육도 반드시 필요하다. 독자로 성장하기 위해서는 유연한 사고를 길러 폭넓은 독서가 가능토록 종이책 독서와 디지털 독서를 함께 하는 습관을 가져야 한다.

단단한 독자로 성장하기 위해서는 책 읽기가 즐거워야 한다. 즐거움이 있는 책 읽기는 평생 든든한 독자로 성장하는 데 중요한 삶의 패턴이다. 그 과정에서 우리는 책과 떼려야 뗄 수 없는 관계에 안착될 것이다. 혼자만의 독서도 중요하지만 함께 책 이야기를 나누는 시간도 중요하다. 함께 책 이야기를 나누는 것은 몰입도를 향상할 수 있는 방법 중 하나다.

책과 나를 이어주는 최적의 공간인 도서관은 심리적, 정서 적으로 평생 독서하는 환경을 만들어주고 직·간접적으로 자연스러운 분위기를 만들어준다. 그런 의미에서 도서관은 공공의 의미에서 개인 한 사람 한 사람의 독자가 만들어지도록 다양한 독서의 연결망을 구축해야 한다고 생각한다.

북스타트 운동과 첫 인생 도서관, 개인별 맞춤형 단계별 독서상담, 북테라피 등 다양한 독서의 마음을 위해 사서가 그 중심이 되어 도서관을 끌림의 장소로 만들고, 이용자들이 평생독자로 성장할 수 있도록 돕는 역할을 해야 한다.

매리언 울프의 『책 읽는 뇌』에서는 읽기가 인간의 본능이 아니라 만들어진 능력이며 서서히 발전한다고 주장한다. 개인마다 다르겠지만 평생독자로 성장하는 법은 책을 즐겁게 읽는 몰입의 향상성이다. 먼저 어떤 책인지 궁금해 다가가는 정직한 태도들이 평생독자로 이끌어간다는 것임을 기억해야 한다. 아이들이 즐겁게, 호기심으로 책을 바라본다면 미래의 읽는 독자로 꾸준히 성장하는 삶이 되지 않을까?

> "나는 한 권의 책을 책꽂이에서 뽑아 읽었다. 그리고 그 책을 꽂아넣었다. 그러니 나는 조금 전의 내가 아니다."
>
> - 앙드레 지드

나다움의 언어표현,
글쓰기

『동물농장』을 쓴 조지 오웰은 사람들이 글을 쓰는 이유로 '잘난 체하고 싶은 순전한 이기심', '멋진 문장을 쓰고 싶은 미학적 열정', '진실을 기록하려는 역사적 충동', '정치적 목적' 등 네 가지를 꼽았다.

나의 경우 솔직히 두 번째가 맞는 것 같다. 멋진 문장을 가지고 나를 포장하고 더 좋은 구성으로 짜임새를 넣어두는 것들이, 약간의 이기심을 곁들여 내심 욕심을 부리게 되었다. 모든 글에는 분명히 목적이 있다. 그런 글들을 쓰기 위해 참고할 만한 책들을 읽고 곱씹어보면 온전히 나의 글들로 표현되지 않을까?

글을 쓰고 나면 명확하게 글로 묘사하는 순간들이 나 자신의 자존감을 높여주었다. 나는 나의 믿음에 대한 확신이 생겼다. 내게 글쓰기는 단어를 만들고 문장을 엮으면서 몸을 깨우는 일이기도 하다.

토마스 린치의 『살갗 아래』에 '삶이 피부에 남긴 상흔, 그 속의 아름다움을 보라'라는 구절이 있다.

글쓰기도 그런 의미에서 끝없는 노력이 만들어낸 결과물이다. 고통 속에서 아름다운 글이 완성되는 것은 어쩌면 당연한 결과일지도 모른다.

글쓰기는 나를 들여다보는 것이다. 남이 평가도 하지만, 나의 세계에 무수한 것들을 펼쳐놓고 싶기 때문에 멈출 수가 없다. 가슴이 울리지 않아도 나의 삶을 공감할 수 있고 그것은 또 다른 삶의 시작에 대한 긍정이 깔려 있기 때문이다.

꾸준히 매일 쓰고자 노력한다면 글쓰기는 삶의 일부분이 되어 자연스러운 습관으로 이어진다. 글쓰기는 타인과의 경쟁이 아니라 나의 생각을 온전히 다듬고 또 다듬어내야 하는 끝없는 인고의 시간이다. 책상에 앉아 엉덩이에 힘을 준다. 눈은 화면에, 손은 자판에, 온 정신을 집중하여 생각주머니의 글들을 모은다. 오랜 시간 끝에 한 편의 글이 완성되면 그 짜릿함에 몸이 풀린다.

소설 『데미안』의 '새는 알에서 나오려고 투쟁한다. 알은 세계다'라는 문장에서 알 수 있듯, 글쓰기는 타인과의 경쟁이 아니라 자기 자신과의 투쟁이다. 내면의 두려움, 편견, 나약함을

과감히 던져버리고 새로운 세계로 일깨워주는 것이 글쓰기의
힘이다.

우리는 글의 밑바탕을 먼저 살펴보아야 한다. 책을 읽지 않
으면 글쓰기의 짜임새가 부족한 것처럼, 삶의 경험도 나 자신
의 삶을 대변하기에 글쓰기의 중요한 도구임에 틀림없다.

지금 책상 앞에 앉아 있다면 나의 생각들을 한 문장씩 써
내려가면 어떨까? "첫 문장이 나의 삶을 바꿔 놓을 수 있기 때문
이다."

"글쓰기는 단지 지난 시간을 기록하는 활동이 아니라 경험
을 기반으로 끈질긴 사유와 해석을 이어가는 과정이다. 기존
의 관념을 비틀고 경험을 다각도로 해석할 때, 내 글은 개인
적인 이야기에 그치지 않는다."

- 홍승은, 『당신이 글을 쓰면 좋겠습니다』 중

책을 읽으면서 나를 비우고, 깨어 있는 글을 쓰기 위한 시
간과 절실함이 온전히 필요하다. 나의 삶 자체가 추상적이든
구체적이든, 남들과 다른 삶의 이야기이므로 그 안의 글들은
나의 세계를 표현하는 것이다. 글쓰기는 나다움의 언어 표현
이니까.

2장

삶과 도서관

도서관이 품고 있는
문화적 가치

시국이 어수선해도 봄은 오고 있었다. 봄의 기억 중 가장 떠올려지는 곳이 통영의 봉수골 벚꽃거리다. 아직도 그곳의 풍경이 아른거려 잊을 수가 없다.

흩날리는 벚꽃잎들이 동화 같은 수채화로 담겼다. 봉수골의 거리는 책방, 미술관, 커피점, 가게 그리고 마을이 지닌 공간의 환대로 오래된 삶의 정체성을 품어왔다.

김현정의 저서 『사람, 장소, 환대』에서는 "장소는 우리의 정체성을 구성하는 요소이다"라 했다. 우린 보이지 않는 정체성을 지닌 곳들을 품으며 살아가고 있다.

오늘날 문화생활을 누릴 수 있는 곳이 많아졌다. 특히 도서관이 지닌 다양성과 문화적 가치에 대해서 환산할 수 없기에 나는 매일 출근하고 있는지도 모른다. 도서관은 도서대출증만 있으면 원하는 책을 빌려 가거나 조용하고 아늑한 공간에서 책 읽을 시간을 가질 수 있다. 사서의 도움으로 책의 큐레이팅을 받을 수 있을 뿐만 아니라 운이 좋으면 상주작가를 만나볼 수 있는 기회도 주어진다. 아이들이 누릴 수 있는 공간과 독서 프로그램도 다양하다. 그림책 원화 전시도 보고 퀴즈도 풀어본다. 가끔 오래된 영화를 감상하거나 북카페에서 커피 한잔의 여유를 만끽해도 좋다.

　도서관은 나에게 일상의 변화를 주고 가볍게 방문하여 문화를 향유하는 곳이 되었다. 다양한 정보와 지식을 얻고, 편안하게 머물며 나만의 일상을 즐길 수도 있다. 가성비 좋은 문화생활의 아이콘이자 삶의 지성을 채워주는 곳이기도 하다.

　도서관 이용자들의 이용 방식이 폭넓게 퍼졌다. 가족을 위한 공간, 혼자만의 공간, 그리고 메이커 스페이스, 토론하는 공간은 새로운 것들을 생성해내기에 충분하다. 공간도 좋지만 서가 사이로 진입하는 것은 나와 책이 접촉하는 시간이다. 청구기호 또는 수입 순으로 배열된 책들 속에서 가끔 삶을 울리는 책이나 도전하지 못한 것들을 발견하는 기쁨을 누릴 수 있다는 것에 매료된다. 서가에서 나를 일깨워주는 책은 우연한 발견(Serendipity)의 묘미다. 이런 이유로 도서관은 앎의 장소에서 환대와 응원으로 성장하는 중요한 곳임에 틀림없다.

　도서관은 지적 허영심보다는 삶의 인간다운 양식으로 채워져 있기 때문에 우리에게 더욱 매력적인 장소다. 또한 소수자를 위한 접근성도 도서관이 추구하는 공공성을 넘어 인류를 향한 가치를 품고 있다.

임윤희의『도서관 여행하는 법』에서는 "도서관은 책뿐만 아니라 책을 매개로 한 사람들이 만나는 곳이다. 그 만남은 때론 소소해 보이지만, 그 공간을 더욱 풍요롭게 만들기 위해서 없어서는 안 될 중요한 것이다"라고 말한다. 그 공간이 가진 힘은 다양하게 우리의 삶과 연결되어 있기에 어쩌면 우리는 가느다란 희망의 가능성을 품고 살아가는지 모른다.

하루의 일상이 색다른 공기와 향기에서 소소함의 따뜻한 온기를 불러모은다. 매일 비슷한 동선을 걷지만 책의 여행은 또 다른 감성으로 전달된다. 총류에서 역사까지 책이 가진 진한 속성들을 들여다볼 수 있는 이 시간만큼은 우주에 서 있는 기분에 의해 습관적으로 방문하기도 한다.

오늘을 살아가는 우리는 도서관이 지닌 가치를 누려야 한다. 그것은 누구에게나 평등하고 차별이 없으며 열려 있다. 그런 도서관에서 우리 삶의 다양성을 찾았고 발견해왔다. 요즘 도서관은 복합 독서문화공간으로써의 패러다임으로 바뀌고 있어 매혹적이고 흥미진진한 것들로 가득 차 있다. 수많은 세계관으로 연결된 도서관에서 환대의 가치를 누렸으면 좋겠다.

가끔 가볍게 동네 도서관에 들러 나름 끌리는 책을 찾아 그곳의 공간에서 긴 호흡으로 들여다보자. 우리의 삶은 도서관과 맞닿아 있기에 오늘도 내일도 환대의 장소로 향해 가는 것을 희망해본다.

도서관에
답이 있다

과거나 현재, 미래에도 독서의 중요성은 지나칠 수 없다. 중요하다고 하지만 가장 하기 힘들고 싫어하는 경우가 부지기수(不知其數)다.

어휘력이나 문장력, 말하기 능력이 떨어지는 경우 독서 또는 문해력이 부족하기 때문이라고 말한다. 하지만 이것 또한 논리가 맞지 않는다. 딱히 책을 읽지 않아서 말할 때 논리 정연하지 못하다고 할 수 없고, 그래서 언어능력이 떨어진다고 할 수 없다. 중요한 것은 무엇일까?

어릴 적 나는 책을 읽고 싶어도 읽을 수 없는 시골마을에 있었다. 유일하게 책이라면 교과서와 너덜너덜해지고 빛바랜 『보물섬』과 몇 권의 동화책이 전부였다.

과거에는 환경이 중요했지만 지금이야 환경보다는 습관과 이끌림이 중요하다. 나는 도서관에서 그 답을 찾아보았다. 삶과 삶이 연결된 그 자체로써 길을 찾아야 하는 곳에 도서관이 있고 우리가 해결해야 할 미래가 있다. 평생 배움의 길에

도서관이 가진 무수한 것들을 되짚어보아야 한다.

2019년 기준으로 우리나라 공공도서관은 1,096관이다. 마을마다 동네의 작은도서관도 많이 생겨나고 있다. 하지만 미국, 독일, 일본에 비하면 인구에 비례하여 아직도 부족한 편이다.

집에서 10분 이내에 도서관이 있으면 좋겠다. 도서관만이 가진 문화의 정체성이 있고, 책과 공간이라는 무한한 가능성을 다양하게 펼칠 수 있기 때문에 모으고 연결하는 곳이다. 책을 빌리고 읽는 단순한 곳이 아니라, 문화가 흐르는 지적이고 정서적인 장소다. 문화체험뿐만 아니라 다양한 독서 프로그램으로 지역주민의 문화 수준을 높여주는 도서관이 전국에 많지 않다는 것은 문화적 면에서 불행한 일임에 틀림없다.

예컨대, 개인적으로 도서관에서의 경험을 통해 혜택을 누린 이야기를 하자면 나는 한빛도서관, 진영도서관, 작은도서관과 동네책방 4~5곳을 이용한다. 원하는 책이 없을 때는 책두레, 상호대차를 이용하면 된다. 장서 수는 부족해도 이용자가 원하는 희망도서를 신청하면 구입해준다. 문화강좌, 독서동아리, 독서행사 등 즐길거리와 읽을거리가 많아지고 있다. 이것 외에도 도서관 사서로부터 다양한 참고 서비스를 받을 수 있는 것은 숙제를 하거나 논문을 쓸 때 참고할 수 있는 책이나 논문, 저널지 또는 북 큐레이션을 받아보고 싶을 때, 즉시 상담을 요청하면 된다.

처음 도서관을 이용한 것은 학습을 위해서였다. 대학을 졸업하고 방황하던 그때에 도서관이 나를 잡아준 유일한 곳이었다. 나는 그곳에서 매일 반복되는 생활을 했다. 열람실의 좋은 자리를 차지하고자 아침 일찍 다녔다. 공부에 지치면 휴게실에 들러 자판기에서 달달한 커피 한 잔을 마셨다. 점심때는 구내식당을 이용하여 허기를 달랬다. 싸고 맛있고 푸짐했다. 때론 서가를 배회하거나 전공서적이 있는 서가를 다시 한번 살펴보았다. 이용자가 많지 않아 그 공간에서 시간을 오래 할애했었다.

시간은 그렇게 흘러 나는 도서관인이 되었다. 지금 생각해보면 도서관은 숙명이었던 것일까? 방황하지 않도록 나를 단단하게 묶어주었고 외로움을 달래주었다. 지금도 그때의 어려움을 기억하며 한 걸음씩 나아가고자 한다. 도서관 이용자들이 줄고 있음에, 그 혜택을 누리는 문화인이 되고자 우리는 부단히 노력해야 할 것이다.

아이가 생애 첫 도서관을 방문했을 때의 그 느낌 그대로 꿈의 시작이 되었다. 나도 그 느낌을 알고 있다. 생애 첫 책을 보고 그 공간에서 자유롭게 연결되는 플랫폼을 경험하고 알 수 없는 세상으로 가는 길은 호기심으로 가득 찼다. 도서관에 머물러 있는 시간은 입체적이고 정적인 것이 아니라, 동적으로 움직이는, 보이지 않는 신비로움의 경험으로 마법을 누린다. 자주 드나들면 절로 공간의 구조화를 익히고 자연스럽게 주제별로 분류된 서가를 뒤졌다가 칸칸이 훑어가는 행위들이 더 넓은 세상으로 가는 문이 되어 열린다.

"가장 위대한 업적은 '왜?'라는 아이 같은 호기심에서 탄생한다. 마음속 어린아이를 포기해서는 안 된다." 영화감독 스티븐 스필버그의 말이다.

현재 아이들은 유튜브와 게임의 세계, 빠른 속도로 진화하는 인공지능기술을 습득하며 빠르고 정확하게 답을 찾아나서고 있다. 하지만 빠르고 정확한 정보를 습득하다 보니 찾아가는 과정들이 빠져 있었다. 도서관에서 우리가 그 답을 찾아나서면 좋을 것 같았다. 느리고 빠르지 않은 일상의 것, 알고 싶은 것, 삶에 대한 엉뚱하면서도 진지한 질문을 만들어내는 물음과 답을 찾기 위한 과정들을 담아내고 풀어내는 곳이 도서관이다.

이 모든 결과는 읽고 쓰고 말하고 표현하는 것들이 쌓이고 쌓여 습관이 만들어지고, 튼실한 삶 속에 독서가 자리 잡는 것은 당연한 결과다. 책 읽는 아이로 성장하고 싶다면 도서관을 꾸준히 이용해야 한다. 익숙해지다 보면 도서관 활용 방법을 저절로 터득하게 되고 잠재돼 있던 나를 일깨우게 된다. 지적 호기심을 채우고 삶의 방향성과 즐거움을 찾아 평생의 공간을 지배한다. 요즘 도서관은 새로운 패러다임으로 공간을 새롭게 꾸미고 이용자를 기다리고 있다. 과거 지식과 경험이 머물러 있는 곳이 아니라 그 공간의 가능성을 함께 풀어가고 새로운 삶의 가능성을 채워가는 것이다.

'도서관=책'이라는 단순한 정의보다는 생활에서 접근 가능한 놀이를 통해 도서관의 공간과 자연스러움을 익히는 것들이 필요할 때이다. 예를 들며 작가와의 데이트, 책 속 주인공과의 만남을 통해 새로운 역할의 이야기를 만들거나 작가가 되어보는 과정들이 도서관에서 자연스럽게 배우고 익힐 수 있는 멘토다. 우리는 그곳에서 독서하는 마음과 끌림에 평생 이용자로 성장한다.

사서의 업무는 정적이지만 때론 동적으로 움직이는 양방향성의 힘이 작동한다. 그 힘들은 도서관을 되살아나게 한다.

사서의 역할은, "책과 이용자의 사이를 연결해주는 역할."

책과 이용자를 연결하는 역할은 사서의 중요한 특징적 요소다. 다양한 주제를 깊이 있게 고민하고 이용자의 특성을 파악하여 책을 처방하는 일은 오랜 경험에서 나온다.

사서에 대해 알고 싶다면 도서관에 가야 한다. 그들의 책 이야기를 들여다봐야 한다. 책뿐만 아니라 상담과 안내, 그리고 주제별 참고도서를 찾아주는 역할은 이용자가 필요로 하는 서비스다. 사서는 이용자의 삶에 들어가야 한다. 그들이 부족한 것들을 채우고 비우고 나누는 것들을 게을리 해서는 안 된다. 이용자가 다가가는 것이 아니라 먼저 그들의 고민과 호기심을 풀어내어야 새로운 것들로 연결할 수 있을 것이다.

2019년 넷플릭스 영화 「바람을 길들인 풍차 소년(The Boy Who Harnessed the Wind)」의 실제 주인공 윌리엄 캄쾀바는 만 14세이던 2001년 풍차를 만들었다. 캄쾀바는 "비와 비료 값, 종자 값이 나를 지배하는 삶"에서 벗어나기 위해, 당장 굶지 않기 위해 풍차에 도전했다. 풍차로 전기를 만들면 비가 안 와도 모터를 돌려 물을 길을 수 있고, 밤을 밝혀 책을 볼 수도 있어서였다. 1년 학비 80달러를 못 내 중학교를 중퇴한 그는 농사일 틈틈이 초등학교 도서관에서 책을 빌려 읽고 풍차를 만드는 데 성공한다.

"도서관의 책에서 본 사진들이 내게 아이디어를 주었고 굶주림과 어둠이 영감을 주었다"라고 말한 소년은 아프리카에 희망의 불씨를 켰다. 이 감동의 실화에서도 도서관은 힘들어하는 소년에게 열려 있었고 가능성의 응원을 해주었다.

『리스본행 야간열차』그레고리우스처럼 우리는 또 누군가의 삶을 찾아나서지만 결국 나를 떠나는 여행이다. 사서는 도서관이라는 곳이 매일 즐거운 여행의 장소가 되고 호기심의 끌림으로 가득 찰 수 있도록 이용자들을 이끌어줘야 한다.

성장하는 유기체인 도서관은 언제나 열려 있다. 그 속을 깊게 들여다보면 답은 쉽게 찾을 수 있고 행동으로 옮길 수 있음을 말하고 싶었다.

도서관을 잘 활용하면
삶이 달라진다

나는 사서이기 이전에 한 아이의 아빠이기도 하다. 어릴 적부터 도서관에 방문하여 책을 읽거나 여러 공간을 아이와 함께 돌아다녔다. 자연스러움이 좋았던 기억이 난다. 아이가 자라면서 도서관을 이용하는 횟수가 증가하고 책을 읽는 속도가 빨라지고 찾는 방법들을 습득하게 되어 기뻤다. 하지만 사춘기를 지나면서 아이는 도서관을 멀리했고 나 또한 일상이 바빠 함께하는 시간이 적어졌다. 그렇게 아이는 고등학생이 되었고 공부에 열을 올리고 있다. 가끔은 친구와 함께 도서관에 들러 공부를 하거나 책을 빌려오는 모습이 좋았다.

나는 어떤가? 도서관에서 책과 함께 하기에 일상의 힘을 도서관에서 느끼곤 한다. 나의 경우 퇴근시간과 주말을 이용하여 동네 도서관을 방문한다. 도서관 입구에는 다양한 소식이 기다린다. 인문학 행사와 같은 도서관 행사, 그리고 추천도서가 있고 독서모임의 정보도 있다. 내가 제일 처음 가는 공간은 종합자료실이다. 아이가 있을 때는 어린이자료실을 자주 이용했지만 아이가 커갈수록 종합자료실은 나만의 시간을 오롯이 보내기에 더할 나위 없이 좋은 곳이다. 자료실에는 도서검색대가 있고 자동대출반납시스템과 책 읽는 자리가 여러 곳에 놓여 있으니 편안하게 읽을 수 있다. 매월 들어오는 정기간행물 코너에는 시사, 교양, 여행, 요리까지 다양한 정보들을 습득할 수 있다. 예컨대 자기가 좋아하는 잡지는 오랫동안 그 잡지만 구독하게 되는 장점이 있어 매주, 매월 기다려지는 뫼비우스의 띠처럼 평생독자의 긴 연결고리가 된다는 것이다.

단연 눈에 가는 것은 십진분류표다. 십진분류표란 총류(000)부터 역사(900)까지 숫자를 사용해 수많은 책을 주제에 따라 분류하는 방식이다. 총류(000)는 도서관, 독서, 정보학에 관한 책이다.

철학(100)은 생각과 관련된 학문으로 철학자에 대해 알아보고 이전에 몰랐던 철학 공부를 하고자 할 때 필요하다. 심리 관련 도서는 요즘 인기가 많아 비어 있었다. 현대인들이 그만큼 자기 삶을 사랑하고자 하는 마음이 크다는 것을 알 수 있다.

종교(200)는 눈에 잘 띄지 않는다. 책이 많이 없거나 관심을 두지 않기 때문이다. 이전에는 그리스 로마 신화나 법정스님의 도서를 많이 빌린 적이 있었지만 언제부터인가 관심이 퇴보되는 느낌이다. 그러나 신화는 보면 볼수록 빠져든다. 예전에는 혜민, 법륜, 성철스님의 책들은 명언 그 자체로 생각하는 삶들을 일깨웠다면 지금은 동양철학과 서양철학을 좀 더 깊게 들여다보고자 노력하고 있다.

사회과학(300)은 새로운 관점의 책들이 출간되고 있어 관심이 높아지고 있다. 90년생, 노동, 차별, 공정성, 페미니즘, 코로나 시대, 사피엔스 등 새로운 사회현상이 가지고 오는 방향들을 우리는 준비해야 하기에 한 번쯤은 훑어보았다. 관심을 가지고 꾸준히 오늘날의 현실을 파악하고자 한다면 눈으로 제목을 익히거나 새로운 눈으로 보아야 한다. 지금을 살고 있는 우리는 반드시 알아가야 하는 책들이다. 그중에서 돈과 주식, 부자 등 투자 및 재테크 책들이 많았다. 인기 검색어도 예전에는 자기계발서였다면 요즘은 재테크가 가장 많이 검색어 순위에 올랐다.

순수과학(400)은 예전에는 어렵고 딱딱한 단어로 가득하다 보니 관심분야가 아니라 꺼리는 책이었다. 지금이야 우주나 동물에 관한 것들을 좋아하다 보니 빌려 보고 있다. 식물 책에도 눈길이 간다.

인공지능과 요리, 환경, 건축 등의 기술과학(500)은 요리책과 건축 관련 책들이 신간으로 많이 들어왔다. 관심은 역시 4차 산업혁명으로 가는 미래의 이야기다.

그림과 음악, 영화에 대한 책은 예술(600) 책이다. 특히 『방구석 미술관』 책으로 어려웠던 미술의 세계를 넓혀가고 있다.

언어(700)는 눈길이 가지 않아 편식이 심한 편이다.

문학(800)은 에세이가 좋다. 삶이 녹아 있는 글들이 많아 공감이 갔다. 제목도 달달하게 넣어 더욱 그 안을 들여다보고 싶은 유혹을 만든다. 그중에 글쓰기 책은 빠지지 않고 빌린다. 글쓰기는 하면 할수록 어렵고 다듬어야 할 도구와 사고가 필요했다.

역사(900)는 늘 관심의 대상이었고 꾸준히 공부하고자 노력했다. 여행 관련 책들은 간접적으로 경험할 수 있는 색다른 묘미를 전한다.

이처럼 10개의 주제로 구성된 한국십진분류표만 알아도 책 찾기가 수월하고 빠른 정보를 습득하기에 좋다. 그렇게 탐색한 다음 책을 고른다. '오늘은 이런 책'에 눈이 가면 대출한다.

한꺼번에 많은 책을 대출하지 않는다. 꼭 볼 수 있는 책만 골라 대출하는 것이 나의 원칙이다.

도서관 회원증을 만들어놓으면 든든하다. 어딜 가도 원하는 책들을 빌려볼 수 있을 뿐만 아니라 회원이라는 자부심이 생긴다. 최근 하나의 회원증으로 전국 회원 도서관에 방문하여 도서대출이 가능한 책이음 서비스가 생겨 다양한 도서관에서 편리하게 열람할 수 있다는 장점이 있다. 다른 도시로의 여행에도 도서관은 이용자를 위해 지적 풍요로움을 선사한다.

동네 도서관에 없는 도서도 상호대차, 책두레서비스로 신청이 가능하니 자료의 활용에는 불편함이 없다. 또한 웹으로도 다양한 서비스를 받는다. 우리 도서관의 다양한 정보를 SNS를 통해 받아 보거나 도서관 홈페이지에서도 전자책, 오디오북, 전자잡지 저널, 희망도서 신청 등 활용할 수 있는 자료와 서비스가 무궁무진하다.

도서관 밖은 특히 공원처럼 꾸며져 밖에서 놀 수 있는 공간이 많다. 계절의 변화에 따라 분위기도 색다르다. 그때그때의 감성 분위기에 따른 주제의 책을 선택하는 것 같다.

도서관은 나와 아이의 또 다른 가족 놀이터다. 자전거를 타거나 배드민턴을 치거나 배가 고프면 의자에 앉아 간식을 먹는다. 잠시 지루하면 도서관에 올라가 영화를 보거나 도서관에서 준비한 프로그램에 참여해보기도 한다. 동네의 도서관은 아이들뿐만 아니라 어른들의 놀이터이기도 하다. 어른들도 일상의 변화를 도서관에서 느끼는 것 같았다. 바둑이나 장기를 두는 일상은 자연스럽다. 자료실에서 신문을 읽거나 독서를 하는 모습은 도서관 분위기를 좌우하는 듯 정숙한 분위기를 만들어주기에 상당히 고무적이다.

가족과 함께할 수 있는 공간도 많아졌다. 영화를 보거나 음악을 들을 수 있다. 따로 가족실에서 게임하는 공간도 있으니 도서관은 복합적이면서 여러 사람을 배려하는 성숙한 곳이다. 도서관이나 책방에 가는 날을 정하면 좋다. 매주 일요일이나 가장 편한 요일을 정해서 가다 보면 머무는 시간은 익숙해진다. 익숙하면 아이에게도 작은 생활습관이 생겨 먼저 가자고 할 것이다. 일상의 좋은 루틴은 삶을 회복탄력성처럼 성장시킨다.

아이에게 도서관 회원증을 만들어주고 스스로 책을 선택하고 놀게 하는 느긋한 마음이 주어져야 한다. 딱딱한 도서관 이미지를 벗어나 마음의 양식을 쌓는 공간인 것을 늘 인지하면 성인이 되어서도 그 아이의 삶에 도서관은 늘 존재하고 함께하는 마음이 자리 잡는다.

요즘 같은 시기에 도서관이야말로 치유의 공간, 기댈 수 있는 공간이다. 무료했던 일상을 새로운 감각으로 깨우고, 그런 도서관이야말로 나의 중심적 멘토 역할을 충실히 해주기에 나는 도서관 홍보맨을 자처하며 주변 지인들에게 나의 도서관 경험을 살려 알리고 있다. 일상이 힘겨울 때, 지칠 때 도서관을 찾았다. 나의 품격을 높여주었고 새로운 세계로 가는 문을 열어주었다. 도서관이야말로 사람이 만든 것 중 최고의 걸작이다.

나는 꾸준히 성실하게 이용하면서 특권을 누리는 이용자다. 이용자는 새로운 삶의 가치를 발견하며 성장하는 놀라움을 경험하게 될 것이다. 도서관을 잘 활용하면 삶이 바뀌고 나를 발견하는가 하면 세상을 이해하고 폭넓은 사고를 넓혀갈 수 있는 것들이 평생 도서관 독자로 살아가는 우리의 몫이다.

"도서관의 이상적인 역할은 센 강변의 헌책방 진열대, 즉 우연히 기막힌 보물을 찾아내는 것과 약간 비슷하다."

- 움베르토 에코, 『장미의 이름은 무엇인가?』 중

인생 도서관에서 꿈을 만나고
미래를 그렸다

도서관은 어떤 곳일까? 책을 빌리고 싶을 때, 심심해서, 책을 읽고 싶어서, 문화생활 아니면 자료를 찾기 위해 가는 공간일까? 중요한 것은 이유가 아니라 그저 자연스럽게 몸이 이끌리는 것, 그 자체가 도서관적 행동이다. 꼭 책을 보기 위한 곳도 아니다. 다양한 일들이 일어나는 곳이며 만남의 장소이기도 하다. 어떻게 유혹을 뿌리칠 수 있겠는가?

90년대 취준생 시절 도서관 옆 커피 자판기는 인기가 많았다. 맛이 좋았던 기억이 난다. 그때는 남녀가 몰래 데이트하는 장소이기도 했고, 책을 읽지 않아도 그곳에는 늘 즐거움이 넘쳤다. 지금은 삭막하지만 아직도 도서관의 폭은 광범위한 삶의 토대 위에 있음을 잊지 않기를 바란다. 그곳에 우리의 꿈이 있고 추억이 닿아 있기 때문이다.

옛 도서관의 이미지는 사라졌지만 지금도 여전히 우리 곁에서는 생각의 변화를 모색하는 중이다. 외부에서 보아도 인상

깊고, 내부에는 공간만 화려하다면 분명 서비스도 이용자를 생각하는 측면으로 돌아갈 것이다. 그렇지 않다면 이용자를 위한 라이프스타일로 개인의 일상에 연결하는 물리적 공간이어야만 하고, 서비스는 각각의 접촉면들로 세밀하게 다가가야 한다.

해외여행을 하다 보면 그 나라의 박물관, 도서관에 방문하게 되는 것은 우연의 일치가 아니다. 그곳에 문화가 있고 미래가 폭넓게 담겨 있기 때문이다.

유아부터 성인까지 다양한 사람들이 자연스럽게 어울리는 곳이 도서관이다. 도서관에 오는 사람들은 저마다 이유를 가지고 있다. 꿈을 찾으러 오거나 정보를 찾는 사람, 무료함을 달래거나 휴식을 찾는 사람, 교양이나 지식을 좇는 사람들이 여행하는 도서관에는 신비로운 이야기가 무궁무진하게 펼쳐져 있다.

1986년 4월 29일 아침 로스앤젤레스 공공도서관에서 화재가 일어나 40만 권의 책은 한 줌의 재로 남았으며 70만 권의 책이 훼손되었다. 34년이 지난 현재 이 사건을 계기로 우리는 무엇을 느낄 수 있을까? 이 사건은 미국 역사상 최악의 도서관 화재 사건이었지만 체르노빌 원전 사고에 묻혀 로스앤젤레스 지역에서만 크게 보도되는 바람에 아는 사람이 많지 않았다는 것. 도서관의 책들이 사라지고 책 속의 흔적이 없어진다는 것은 상상만 하여도 끔찍하다.

미국의 논픽션 작가 수전 올리언의 『도서관의 삶, 책들의 운명』은 로스앤젤레스 공공도서관 화재 수수께끼를 풀어가면서도 알 수 없었던 도서관 사서들의 이야기와 책 복원 과정 등을 통해 잿더미가 된 도서관이 어떻게 부활하는지, 소중하게 다루어야 할 사서들의 중요한 역할을 생생한 메시지로 전달했다. 도서관이 어떤 공간인지, 그곳 사람들은 어떻게 살아가는지, 삶의 일부분이 된 도서관의 존재 가치는 세대와 세대와의 거리를 좁혀가는 물리적 공간이다. 우린 그런 공간에서 과거를 보았고 현재의 책들을 만나고 미래를 만날 수 있다는 것에 감사할 따름이다.

"도서관에 있는 시간은 내가 그곳에 도착했을 때보다 더 부자가 되어 떠날 것을 약속하는, 방해받을 일이 없는 꿈같은 시간이었다. 상점에 갈 때와는 달랐다. 상점에서는 내가 원하는 것과 엄마가 사주고 싶어 하는 것 사이에서 줄다리기가 벌어질 게 뻔했다. 반면 도서관에서는 원하는 것을 뭐든 가질 수 있었다."

- 수전 올리언, 『도서관의 삶, 책들의 운명』 중

삶과 맞닿아 있는 도서관의 힘

작가는 어릴 적 도서관에서 스스로 누릴 수 있는 자율권이 부모로부터 주어졌던 최초의 장소로 그 꿈같은 시간을 즐겼다. 그 시간이 쌓이고 쌓여 매혹적인 도서관을 여행하는 것들이 익숙해지면 우리는 문화를 배우고 삶의 영역에서 도서관이 가진 인생의 삶들로 깊게 파고들어간다. 아주 사소하지만 중요한 것들이 숨겨져 있기에 북스타트가 있듯이 어린 자녀와 함께하는 라이브러리 스타트의 시작은 아주 자연스럽게 스며들어 인생의 첫걸음을 숙명처럼 느끼게 하는 시간이 필요하겠다.

자기만의 인생 책이 있듯이 자기만의 인생 도서관을 만들어가면 좋겠다. 인생 도서관은 평생 동반자 같은 존재다. 아주 멋진 일이다. 그 공간에서 일어나는 모든 것들이 매혹적인 일이기 때문이다.

"내 것이 아니지만 내 것처럼 느껴지는, 내가 사랑하는 공간에 대해 이야기하는 것, 그리고 그 공간이 얼마나 멋지고 특별한 느낌인지 들려주는 것, 이것이 내가 이 책을 쓰고 싶었던 이유다. 도서관이 던지는 무언의 약속은 세상의 모든 잘못된 것을 물리치는 것 같다. 내가 여기 있어, 부디 네 이야기를 들려줘, 여기 내 이야기가 있어, 제발 들어줘… 라는 약속."

- 수전 올리언, 『도서관의 삶, 책들의 운명』 중

2장 삶과 도서관

도서관은 주제별로 다양한 책들이 공존한다. 오래되거나 빛바랜 책, 손에 닿지 않는 책이 많지만 새 책도 서가에 차곡차곡 채워가는 것들은 모두 이용자에게 의미 있는 책이다.

도서관마다 장서 수가 다르지만 분야별로 같은 주제의 책을 최소한 30권에서 80권 가까이 볼 수 있어 관심분야의 영역을 폭넓게 확장하는 것이 가능하다. 일주일에 한두 번 도서관을 정기적으로 이용할 수 있도록 일정을 짜고, 그런 과정들이 반복되면 도서관으로의 삶이 스며들게 된다. 이 모든 활동이 평생독자로 만들어지는 과정이다.

우리가 느끼지 못한 서가와 책 사이, 사람과 사람과의 만남, 사서와 이용자와의 참고봉사 등 그 공간에서 이루어지는 모든 것들이 특별하다. 우리는 그 환대의 공간에서 책을 만나고 미래를 만나는, 멋진 꿈이 닿아있는 나만의 인생 도서관을 만들어 보는 것이 요즘 현대인들에게 필요한 삶의 루틴이다.

삶과 맞닿아 있는 도서관

도서관은 인류문명의 발전과 함께 한 역사의 기록 보고다. 지식을 보전하고 공유하는 것을 넘어 새로운 인터페이스 플랫폼의 공간으로써 우리 삶과 맞닿아 있다.

고대 권력의 중심에서 근대 지식의 시대로 들어오면서 도서관은 또 하나의 세계 문화를 키웠다. 책과 영화에서도 도서관은 배경이 되거나 재난의 피신처로 그 역할과 지속 가능성을 다뤘다. 영화 「투모로우」에서는 큰 재난이 발생하고 주인공들이 피신을 했던 곳으로 뉴욕 공립도서관이 배경이 되었고, 움베르토 에코의 『장미의 이름』에서 살인극의 열쇠를 제공하는 수도원의 도서관 또한 지식의 생산, 유통, 금지를 결정하는 공간으로 비쳤다. 이처럼 도서관은 또 다른 미래 세계를 향한 문이기에 가치 있게 바라보게 된다.

다큐 온 「도서관의 시대」를 봤다. 바티칸 시국에 있는 로마 교황청의 소속, 세계 최고의 도서관 가운데 하나로 손꼽히는 바티칸 도서관과 비밀문서고를 눈으로 볼 수 있음에 놀랐다. 성스러움이 가득한 도서관은 조금씩 열려 있는 공간으로 우리 역사의 파편들을 가지고 있었다. 세계 인류의 문화 자산을 공유하며 새롭게 복원하는 장면들이 인상 깊었다.

도서관은 그렇게 우리 삶에 맞닿아 있기에 읽고 기록하는 것에 그치는 것이 아니라 그 공간이 가진 무한한 가치성과 존재를 우리는 이용하고 쓰고 질문하고 만들어보고자 접근하는 습관을 가져야 하겠다. 포스트 코로나 시대에 도서관은 조금씩 퇴보된 느낌이다. 부분적인 개관이기에 단순한 절차를 통한 이용밖에 없으니 활용 면에서 떨어지고 있었다.

그럼에도 불구하고, 사서는 다양한 방향으로 이용자 서비스에 접근하고자 노력하고 있다. 언컨택트를 향한 질주가 조금은 버거워도 시간이 걸려도 그 안의 상황들을 주시할 필요성이 있기 때문에 멈출 수가 없다. 그 이전에도 도서관은 온오프라인 방향의 서비스를 펼쳤다. 지금에 와서야 더욱 빛을 발할 때가 되었다.

고대부터 근대, 현대에 이르고 미래에도 그 나라의 그 도시에, 작은 마을의 시골에서도 도서관에 잠재돼 있는 힘은 우리가 상상할 수 없을 정도로 우리 삶에 깊숙이 스며들고 있을 것이다. 위대한 도서관보다 생활에 가장 밀접한 이야기가 책이 되고 그 책들을 도서관에서 나누고 감상하고 풀어서 누구나 볼 수 있는 곳이 도서관이다.

죽기 전에 꼭 가봐야 할 도서관이 또 늘었다. 알렉산드리아 도서관과 바티칸 도서관, 그리고 뉴욕 공립도서관이다. 도서관 사서이지만 새로운 것들을 기록하고 보존, 정리한다는 것이 얼마나 가치 있는 일인지 새삼 느낀다.

도서관이 우리 삶에 맞닿아 있기에 오늘도 나는 도서관에서 도서관 관련 책들을 보고 나와 정반대의 이용자에게 다가가 말을 걸었다.

"이 소설가의 소설책은 좋아하나요?"

"처음부터 좋아한 것은 아니지만 꾸준히 좋아하게 되었어요."

책과의 이야기에서 그의 사생활까지 도서관은 이상하게도 나와 밀접하게 다가서고 있었다. 사람과 사람이 함께 나누는 공간이자 그곳에 알 수 없는 비밀의 책들이 숨겨져 있기에 지속 가능성, 깨달음의 가능성은 늘 열려 있다.

이용자의 삶과 맞닿아 있는 도서관은 과거와 현재, 미래가 공존하는 이야기로 가득 채워야 한다. 그러기 위해서는 살아 있는 도서관으로 만들어야 한다. 책과 사람, 삶이 있고 미래

로 연결하는 공간 구성과 정신적으로 성장할 수 있는 인프라
가 형성되어야 한다.

도서관의 시대는 현재 진화 중

도서관 사서이기에 본능적으로 볼 수밖에 없다. 도서관 관련 책이나 미디어, 유튜브, 잡지에 눈이 갈 수밖에 없는 것은 직업병이다.

다큐 온 「도서관의 시대」 2부는 '그들은 왜 도서관으로 갔을까?'라는 주제로 진행되었다. 권력에서 시민의 품으로 오기까지 도서관은 어떻게 성장했는지 역사와 그 가치를 보여주었다. 과거와 현재, 미래에도 도서관은 성장하는 유기체라는 것을 느낄 수 있는 시간이었다.

사슬에 묶인 책이 아직도 보관되고 있는 네덜란드 리 브리에 도서관, 그곳의 책들은 죄를 뉘우치고 진실한 마음으로 바라본다는 의미로 받아들였다. 선택된 60명에게만 허락됐던 도서관의 열쇠는 지식인과 정부의 최고위층만 볼 수 있었다. 도서관 이름도 위층 도서관, 오래된 도서관이라 불렀다.

덴마크 하면 철학자 키르케고르와 동화작가 안데르센이 가장 먼저 떠오른다. 코펜하겐의 왕립도서관에는 여왕의 의자, 문예비평가 게오르그 브라네스의 방이 있었고 17세기 영국 런던의 대형 지도를 보관하고 수집했다. 그 당시 지도는 권력 자가 가진 권력의 상징이라는 성격뿐만 아니라 전쟁을 이기기 위해 쟁취해야 할 중요한 보물로 인식되었기 때문이다.

이곳에는 작가와 작품의 가치를 높게 평가해 보관하고 있다. 1793년에 개방하면서 진화되어 현대적인 공간으로 꾸몄고 디지털 시대에 맞는 다양한 정보서비스를 구축하여 제공하고 있었다.

다음은 중국으로 넘어갔다. 베이징대학 도서관은 마오쩌둥이 사서 보조로 일했던 곳이다. 그는 리다자오 관장을 만나 마르크스주의의 영향을 받았다. 현대에 오면서 도서관은 피부에 와닿는 이용자의 삶과 연결되었다.

2년간의 설문조사 끝에 만들어진 영국의 도서관, 아이디어 스토어 에라스무스와 AI를 만들어 새로운 소통을 시도하는 네덜란드 로테르담 도서관은 책에만 접근했던 과거에서 벗어나 경쟁을 통한 새로운 변화의 바람이 불고 있었다.

덴마크 오르후스 시의 DOKK1 도서관은 낙후된 도시가 활기를 찾게 하였고 책이 아닌 사람을 만나게 하는 공간으로 만들어졌다. 시민들을 위한 최고의 복지시설이면서 환상적인 장소다. 어르신들이 편안하게 체스를 즐기는 장면이 인상 깊었다. 생일파티에 초대하여 케이크, 핫초코를 준비하고 파티가 끝나면 자연스럽게 책을 들여다보는 아이의 모습이 담겼다. 이처럼 DOKK1 도서관은 사람이 중심이 되어 다양한 공간에서 대화, 경험, 게임, 놀이, 파티를 하는 일상적이고 자연스러운 장면을 연출한다.

변화에서 새로운 가능성을 모색하고 정보사회에서 소외되지 않고 창작자이자 새로운 주체로 거듭나도록 돕고 있는 세계의 도서관은 계속 진화 중에 있다. 우리나라 도서관도 지속가능성이 향상 열려 있어 고무적이다.

사서가 이용자와 함께 좋은 방법들을 찾아 공유하고 지식, 정보의 조각들을 연결하고 새로운 지식을 창조하는 시대가 도서관의 시대다. 현재에도 미래에도 사람들은 늘 도서관을 서성이며, 도서관은 설레는 마음으로 환상적인 삶을 살아가도록 만들어주고 이끌어줄 것이다. 그 속에 문화가 흐르고 새로운 패러다임의 역사가 된다.

MZ세대와
도서관의 변화

　MZ세대는 밀레니얼(Millennial) 세대인 1980~2000년생과, 1990년대 중반~2000년대 중반에 태어난 Z세대를 합쳐서 일컫는 말이다. 디지털에 익숙한 젊은 세대를 가리키는 말로 광범위하게 쓰인다. 그들은 소비패턴에도 영향을 줄 뿐만 아니라 독서환경에 있어서도 책 읽는 흐름을 바꿔놓았다.

　종이책 외에 전자책과 오디오북까지 책을 접하는 방식이 넓어짐으로써 새로운 플랫폼을 중심으로 쉽게 접할 수 있는 독서환경이 만들어지고 있다. 기존의 독서는 여러 정보의 독서에 의존했다면 MZ세대의 독서는 소소하면서 자기만의 성취감에 집중하는 데 더 큰 의미를 두고 있다. MZ세대에게는 좋은 책 읽는 습관으로 자신만의 삶을 루틴하여 채워가는 '리추얼 라이프'가 인기다. '리추얼'이란 삶의 에너지를 불어넣는 일상의 습관이라는 의미로, 일상 속 자신을 위한 좋은 습관을 꾸준히 유지함으로써 삶의 변화를 이끄는 것이 핵심이다. 책 읽는 과정은 삶의 한 부분을 차지하고, 읽는 행위를 나 아닌 타인과의 관계에서 인정하고 소통하고 공감능력을 배가시킨다.

특히 그들은 가성비와 재미를 추구하는 독서형태를 가지고 있다. 종이책보다 가성비가 좋은 전자책과 오디오북을 저렴하게 구매한다. 들려주는 북튜버도 재미와 상상력이 지속되어 책 읽는 생각과 사고의 확장성을 키울 수 있다는 이점이 있기 때문에 꾸준히 이용된다. 시공간을 초월하여 읽는 역할이 무한히 가능하여 다양한 방향으로 책 읽는 방법을 줄 수 있어 그 가능성은 무궁무진하다.

이렇듯 도서관에서는 MZ세대를 위한 다양한 디지털 정보 서비스와 북 큐레이션, 공간 활용 등을 고민할 때이다. 도서관만큼 가성비뿐만 아니라 다양한 정보 활용이 가능하여 시너지 효과가 향상되는 공간은 없을 것이다. 온라인과 오프라인 공간을 활용하여 책을 추천하거나 북 큐레이션을 즐길거리와 재미를 주는 방향으로 하여 효율적인 독서가 가능하도록 해야 한다. 미래가 불안한 시대에 부캐로 돈 벌고 취업과 직장을 알아보는 등 책에서 국한되는 정보가 아니라 정보와 플랫폼이 함께 성장하는 MZ세대만의 도서관 서비스 구축도 반드시 필요한 시점에 와 있다.

공간은 카페처럼 전자책과 오디오북을 읽을 수 있도록 독서환경을 만들어주어야 하며 책과 음악, 영상이 가능하도록 책의 이야기가 있는 공간으로 접목하는, 인터페이스가 흐르는 도서관으로 만들어가는 것도 필요하다. 오픈액세스가 가능한 지식의 확장은 또 다른 기회가 되어 그들의 정보 활용의 영역을 넓혀준다.

MZ세대는 디지털로 최적화된 세대라 정보 활용을 어떻게 이용하고 즐길 것인지에 관한 정보 활용 리터러시 교육도 중요한 도서관 이용 서비스다. 단순히 도서관 이용교육에 목적을 두는 것이 아니라 그들의 독서문화에 맞는 정책을 실행한다면 실생활에 다양하게 접목할 수 있는 환경을 만들어줄 것으로 여겨진다. 도서관에서 여러 세대가 만나고 함께 공유하는 공간도 필요하다. 도서관은 모든 이용자가 만들어가는 미래사회의 진화적 통로이기 때문이다.

MZ세대가 추구하는 독서문화와 가치관이 도서관에 미치는 영향과 효과성은 미래를 변화시키고 열어가는 데 중요한 의미가 되어야 한다. 도서관은 MZ세대에게 미래로 성장하는 도서관 조력자로서의 능동적이고 역동적인 역할로 성장하도록 함께 동반자로의 역할을 충실히 수행해야 한다. MZ세대와 도서관의 변화는 미래를 열어가는 성장의 통로이기 때문이다.

3장

슬기로운
학교도서관

아이는 도서관에서
자라고 성장한다

아이는 자라면서 삶을 배우며 성장한다. 책을 접하는 시기는 아이들마다 다르다. 하지만 부모의 욕심은 태어나기 이전부터다.

독서는 모든 면에서 좋은 점이 많지만 막상 생활에서 실천하기 어렵다. 아이는 많은 시간이 흐른 후 도서관이라는 곳을 방문한다. 첫 생애 도서관에 오는 날, 아이는 놀이를 접하고 즐긴다. 친구도 만나고 사서 선생님이 들려주는 동화 이야기 속으로 빠져든다.

책 읽는 것도 자연스럽게 좋아진다. 커갈수록 아이들의 동선이 다양해진다. 책 읽는 양도 시야도 폭넓어지고 이용하는 예절도 좋아진다.

나는 아이와 함께 동네 도서관에 자주 갔다. 유아실에서 아이는 고사리손으로 큰 그림책을 넘겼다. 또 다른 그림책을 읽었고 나는 그런 모습이 신기했다. 한 뼘 자란 아이의 세계

가 조금씩 넓어지는 느낌을 받아 나 또한 생각의 전환이 필요
한 시점이었다. 밤이 되면 아이는 나의 무릎에 앉아 그림책을
읽어달라고 했다. 초등학생이 되면서 아이는 도서관에 가자
는 말을 자주 했다.

"아빠, 빨리 도서관에 가요."

"오늘은 더 재밌는 그림책을 읽고 싶어요."

대출도 하고 여기저기 행사에 참여하고 나서 아이가 몰라
보게 달라지고 있음을 느낀다. 중고등학생이 되고부터는 스
스로 도서관에 간다. 흐뭇하다. 어릴 때 자주 이용하고 경험
했던 도서관을 지금은 평생회원으로 구석구석 누리고 있음에
감사하다.

이처럼 어릴 적 경험과 체험은 한 아이가 자라고 성장하는
꿈과 가치관, 습관에 큰 영향을 미친다. 도서관에서 보고, 만
져보고, 공감하며 느낀 것들은 아이가 성장할수록 스스로 문
제를 해결하고 실천하는 데 도움을 준다. 결국, 질문하고 호
기심이 많은 아이로 바뀐 것도 보이지 않는 곳에서 도서관의
역할이 클 것이다.

현재 전 세계에서 가장 핫한 비즈니스맨으로 알려진 일론
머스크는 학교도서관에 소장된 책들을 다 읽을 정도로 어릴

적부터 책에 빠져 살았고 하루에 열 시간씩 독서를 했다. 그때 쌓았던 지식과 상상력의 원천을 바탕으로 현재 전기차 브랜드 '테슬라', 우주여행 기업 '스페이스 X' 등을 이끌며 인류의 삶을 변화시키고 있다.

일론 머스크는 도서관의 경험을 살려 새로운 세계로 가는 삶을 확장했다. 어릴 적 도서관에서 책을 읽고 그 공간에서 넓은 세상을 만나고 새로운 사고로 다양성을 넓혔다.

도서관에 가면 다양한 주제의 책을 읽는다. 힐링을 하거나 여가를 즐긴다. 영화를 보거나 삶을 디자인하는 것 외에도 정보를 탐색할 수 있기에 이보다 더 좋은 환경은 없다. 이제 어딜 가도 5~10분 이내에 동네 도서관이 존재한다. 걸어서, 혹은 자전거를 타고 아빠와 함께 가는 아이의 뒷모습이 아름다워 보일 때가 있다.

일론 머스크처럼 어릴 때부터 도서관을 제대로 이용한 아이들은 자신만의 정보원을 찾는 데 익숙하다. 평생 살아가는 데 밑바탕이 되어줄 뿐만 아니라 삶을 넓혀가는 데 토대가 된다.

그중 학교도서관의 역할이 중요하다. 한 사회의 구성원으로 살아가기 위해 필요한 기초를 닦는 곳이기 때문이다. 민주시민교육의 첫 단추는 도서관 교육이다. 민주시민의 태도와 마음가짐을 배우며 평생의 주인의식으로 도서관을 이용하도록 해야 하기 때문이다. 생애 첫 도서대출증을 가지고 도서관에 오는 아이가 책을 찾고 이용규칙과 예절을 통해 도서관을 자유롭게 이용하는 과정 속에 무한한 가능성이 열려 있다.

학교도서관은 또 다른 상상 속의 세계다. 해리포터의 세계도 그런 가능성이 열린 공간이었다. 마법의 세계에서 그의 뛰어난 재능은 통했고 모험은 상상 그 이상으로 펼쳐졌다.

도서관은 어떤 곳이며 어떤 이미지로 다가왔는지 첫인상으로 좌우되듯이, 어렵고 딱딱한 이미지를 주는 도서관을, 쉽고 재미가 있고 흥미진진한 곳이라고 사서가 알려주어야 한다. 요즘 도서관은 학문적인 의미를 떠나 생활의 변화를 넘어섰다.

아이들에게 학교도서관을 설레게 만들어야 한다. 1년 전 한 아이의 변화된 모습을 보고 놀랐다. 아침 일찍 도서관에 오는 아이에게 도움을 청했고 아이는 아침마다 도서대출 반납을 도와주었다. 아침시간이 끝나면 책을 권했고 아이는 책 읽기를 좋아했다. 졸업이 다가오는 시점에서 아이는 늘 책을 가까이했고 나에게 책 이야기를 들려주었다. 그 아이의 변화된 모습에 나또한 좋았던 시간이었다. 선한 영향력으로 한 아이의 책 읽는 습관이 바뀔 수 있다는 것이 놀라운 경험이었고 무거운 책임감을 느꼈다.

오승완 작가의 『도서관을 떠나는 책들을 위하여』의 두 문장이 떠올랐다.

"애서가들은 사라진 책들과 원고들로 이루어진 자신만의 도서목록, 혹은 도서관을 마음속에 하나씩 갖고 있다."
"도서관은 누구에게나 열린 곳이다. 누구든 책을 읽으려고 찾아오는 사람을 도서관은 막을 수 없다. 독재자도 살인자도 강간범도 사기꾼도 도서관에서는 방해를 받지 않고 혼자 조용히 책을 읽을 수 있다. 그가 더럽고 냄새나는 노숙자라도 마찬가지다."

아이도 자신만의 도서관을 마음속에 가지고 있다는 것은 행운이며, 그곳은 성장의 공간이기에 늘 열려 있어야 한다. 사서는 평생 삶의 여행을 찾아가는 과정들을 보듬어주어야 한다.

『코스모스』를 쓴 칼 세이건의 이야기를 보면서 사서의 역할이 얼마나 중요한지 짐작할 수 있다. "어려서부터 명석했던 이 소년은 과학을 무척 좋아했다. 한 번은 근처의 공립도서관에 가서 '별(star)'에 대한 책을 달라고 했더니, 꼬마 독자의 수준을 너무 얕잡아 본 사서가 연예계 '스타(star)'에 관한 책을 꺼내준 적도 있었다. 하지만 나는 그런 책이 아니라고 했다. 그러자 사서는 웃음을 짓고 다른 책을 하나 찾아다 주었다. 내가 원했던 바로 그 책을 말이다."

어릴 적 도서관 사서가 건네준 책에서 답을 찾아 나섰고 결국 그는 우주를 연구하는 과학자가 되었고 20세기 천문학 연구 및 과학의 대중화에 크게 기여하였다.

이 이야기를 통해 한 아이의 꿈을 열어주고 장대한 세상을 보게 해준 학교도서관 사서의 참고봉사 정신과 책임감이 한 아이의 미래에 큰 영향을 미칠 수 있다는 것을 알 수 있다.

엉뚱하고 단순한 질문에도 답을 주고 책을 추천하고 안내하는 학교도서관에서는 공간뿐만 아니라 사서의 역할도 매우 중요하다.

슬기로운
학교도서관 생활

어릴 적 기억들을 되짚어보았다. 학교에서 나는 자존감이 낮은 아이였다. 발표시간에도 소심하게 자신감이 없었던 기억이 난다.

초등학교 4학년 때였던가? 교무실에 불려갔던 기억이 있다. 그때의 교무실은 엄숙하여 가고 싶지 않은 장소였기에 불안하고 초조하게 문을 두드렸다. 하지만 의외의 질문에 긴장이 풀렸다. 담임선생님은 "너를 지켜보니 글씨를 또박또박 잘 쓰니 앞으로 학급일지를 써 보면 어떨까" 하시지 않는가?

그것이 자신감이 조금씩 올라간 계기가 되었다. 글쓰기도 일취월장이다. 책임감도 생기고 친구들도 하나둘씩 챙기고 조용했던 이미지가 바뀌어 학급에서 존재감이 상승될 정도였다. 지루했던 학교생활은 슬기롭고 즐거운 학교로 바뀌었다. 성격도 갈수록 밝은 아이로 변해갔다.

그 옛날 담임선생님의 따뜻한 말 한마디가 우물 안에 갇혀 있던 나를 깨워주었던 것을, 이제는 내가 학교도서관에 오는 아이들에게 그 마음을 전해주고 싶어 이 글의 주제어도 이렇게 포커스로 잡아보았다.

이 이야기를 하는 이유는 나는 현재 학교도서관 사서이기에 지금의 아이들에게 조금이나마 도움을 주고 싶었기 때문이다. 학교도서관에서 일어난 다양한 이야기들을 슬기롭게 좋아하는 마음으로 담아보고자 이 글을 쓰고, 참고가 되기를 바라는 마음으로 남겨보고자 했다.

학교도서관에 가지 않고서는 좋은 혜택을 누리지 못한다. 학교도서관은 그런 곳이다. 아이들의 놀이터가 되고 책 속의 이야기에 빠져드는 매력도 있지만 공간과 공간마다 즐길 수 있는 것들이 숨겨져 있기에 자세히 보아야 알 수 있다.

학교도서관에 들어가면 먼저 사서 선생님과의 눈인사다.

"책을 좋아하는 효연이 왔구나."

"널 기다리고 있었어."

"새 책도 많이 들어와 있으니 한번 살펴보렴."

가장 짧지만 강렬한 인상을 심어줄 수 있는 말들은 "칭찬은 고래를 춤추게 한다"처럼 끌리는 마음을 갖게 하는 동기다.

다음은 도서대출중 보관함에 있는 자신의 대출증을 찾는다. 그리고 나서 도서검색을 하거나 사서 선생님의 추천목록을 살펴보는 것도 잊지 않는다.

도서관 이용교육의 효과다. 또래 아이들의 행동에서도 도서관 이용방법이 결정될 수 있다. 이용교육의 중요성은 한 아이의 평생 도서관을 이용하는 자세를 결정할 정도로, 사서 선생님은 늘 고민하고 실행에 옮길 수 있어야 한다.

도서관에서 책을 찾기 위한 십진분류표를 참고한다. 청구기호를 보고 서가에서 책을 찾는다. 아주 단순해 보이지만 정보자료를 찾는 기본자세다. 그다음으로 학교도서관에 오는 시간을 정하면 좋겠다. 아침시간이나 방과 후 시간을 추천한다. 아침시간은 특히 짧지만 책 읽는 하루를 결정하기에, 그 시간만 잘 활용한다면 하루의 독서시간을 좌우하기에 중요하다. 쉬는 시간과 점심시간은 피하는 것이 좋다.

방과 후 시간은 아이들이 많지 않아 책 읽는 조건이 좋은 시간이다. 운이 좋으면 사서 선생님과 이야기를 나눌 수 있어 책과 관련된 이야기들을 들을 수 있고 궁금한 점을 물어볼 수 있다. 아니면 교과서에 나오는 문제도 함께 풀 수 있어 더없이 좋다. 사서 선생님과 친해지는 것도 슬기로운 학교도서관 생활에 중요한 의미니까.

학교도서관에서 슬기롭게 생활한다면 이보다 더 좋은 이야기로 만들 수 없다. 학교생활에서 가장 큰 이점은 학교도서관을 이용하는 것이다. 그 안을 들여다보면 함께할 수 있는 슬기로운 생활들이 무궁무진하다. 책모임과 토론, 책 읽기와 도서관 행사에 참여하는 것, 영화를 보거나 관심 있는 주제의 책들을 읽어보는 것은 앞으로 독서생활에서 참 덕목의 기본 생활로 만들어진다.

학교도서관에 가는 것이 어떤 이유 때문이 아니라, 습관적으로 가고 싶게 해야 한다. 낯설지 않도록 익숙해져야 한다. 궁금증에 허기지고 목말랐을 때 갈증 해소의 수단이 아니라, 가면 갈수록 새롭고 재미있고 흥미진진한 것들로 가득 찼기에 과거의 형상이 아닌 미래로 가는 열린 문이 학교도서관이기 때문이다. 아이들에게 그곳은 꿈을 꾸고 또 다른 세계의 문을 탐험하고 경험할 수 있는 공간이자 보물섬이다.

아이들이 호기심을 바탕으로 끊임없이 질문하고 표출할 수 있도록 학교도서관의 환경을 늘 미래지향적인 공간으로 꾸미고 공간마다의 역동성을 보여줄 때 슬기롭게 성장한다. 제2의 교실인 학교도서관의 사서 선생님은 한 아이의 미래에 설렘과 보탬을 주기 위한 따뜻한 말 한마디의 마음을 멈출 수 없을 것이다.

"학교도서관은 평생독자를 키워내는 나침반 같은 곳이다. 여기에 슬기로운 삶을 위한 해답이 숨겨져 있다."

성장하는
학교도서관

학교도서관에서 아이를 만나고 책으로 성장하는 것을 보면 뿌듯하다. 학교도서관에는 책과 아이들의 다양한 이야기가 숨겨져 있다. 한 해가 지나갈 때마다 똑같아 보이지만 늘 새로움이 이어지고 지속 가능성을 풀어내고 있다.

특히, 저학년부터 고학년까지 학교도서관을 이용하는 방법도 제각각이다. 저학년 아이들의 도서대출이 가장 많았고 이용하는 예절도 좋았다. "사서 선생님, 재미있는 책 추천해주세요." "『엉덩이 탐정』 예약해 주세요." "영웅이 되고 싶은 책 없나요?" 다양한 질문들이 쏟아진다.

사서 선생님은 친절한 미소와 자세로 아이들을 바라보아야 한다. 책과 함께할 수 있도록 좋은 영향을 미치기 때문이다. 관심을 갖고 함께 대화하는 시간을 많이 가지는 것도 아이들의 마음을 성장시킨다.

점심을 먹고 나서는 보드게임을 하거나 퍼즐조각을 맞춰본다. 스스로 책을 읽고 독서노트에 느낀 점을 적는다. 반 아이들이 우르르 몰려와 구석진 공간에서 그들만의 비밀스러운 이야기를 시작하기도 한다. 학교도서관은 무궁무진한 책 놀이터다. 인기 있는 공간은 책마루다. 학습만화인 『Who? Why?』 시리즈가 있기 때문이다.

고학년 아이들은 도서검색대에서 스스로 책을 찾는다. 책 읽는 것도 자연스럽다. 책을 읽는 아이보다 함께 자기들만의 이야기를 나누는 경우가 많았다.

학교도서관은 계절마다 사뭇 다르다. 1년의 살림살이 독서 교육과 도서관 계획을 구체적으로 실행하는 단계인 봄의 계절이 가장 바쁘다. 그중에서 도서관 이용교육이 가장 중요하다. 전교생 대상으로 도서관의 역사부터 자료를 찾는 방법, 책 읽기의 중요성에 대해 교육한다. 1시간이 부족하지만 열정적으로 채워야 한다.

학기 초 학년별 온책 읽기를 위해 도서를 선정한다. 도서가 선정되면 작가 섭외를 진행하는데, 어려움이 많다. 하지만 그 과정을 거치고 나면 가을날 온전히 책 읽기의 힘을 실어줄 수 있다.

학교도서관은 특히 소수의 아이들에게 관심을 기울여야 한다. 쉬는 시간과 방과 후 시간에 혼자서 도서관에 오는 아이를 유심히 살펴보면 그 아이가 얘기하지 못하는 마음의 상처가 있음을 알게 된다. 상처 있는 아이를 보듬고 돌보고 치유할 수 있는 사서가 되어야 한다. 먼저 말을 걸어보고 이야기를 나누다 보면 좋은 해결책도 나온다.

"형식아! 오늘도 혼자 도서관에 왔네!"

"무슨 책을 읽고 있니?"

"재미있는 책 읽고 있구나!"

"선생님이 그림책 하나 읽어줄까?"

"『테푸 할아버지의 요술 테이프』라는 그림책이야."

그림책도 읽어주고 이야기를 나누다 보면 자기의 고민을 털어놓는다. 우리는 그런 부분을 잘 인지하여 고민을 들어주고 정성껏 좋은 말 한마디라도 칭찬하며 격려해야 한다. 책에서 다양한 해석으로 치료하고 그 해답을 찾아나서는 것도 사서의 역할이다.

독서치료는 도서관에서 학습하고 연구해야 할, 반드시 필요한 사서의 비타민과 같은 역할을 할 것이라 생각된다.

책모임은 나와 아이들이 오롯이 책과 함께 이야기를 나누는 시간이라 6년째 유지하고 있다. 함께 토론하고 깊이 들여다보는 그 시간만큼 나를 돌아보게 한다.

아침시간에 그림책 읽어주는 어머니의 활동도 어느새 8년이 넘어갔다. 책 읽어주는 마음들이 모여 아이들은 그림책에 스며들어 행복한 시간 여행으로 빠져들고 있다.

진로 관련 책으로 꿈을 연결하는 진로독서 프로그램과 도서관 행사, 도서관 활용 수업, 독서릴레이 등 다양한 독서활동이 이루어지는 학교도서관에서는 늘 아이들과 함께 성장하고 행복한 일상을 그려가는 중이다.

◇ 6년째 운영 중인 독서동아리의 힘

혼자서만 책을 읽는 것이 아니라 함께 같은 책을 읽고 생각을 나눈다는 것에는 우리가 살아가는 데 중요한 삶의 일부분이 담겨있지 않을까? 이런 질문을 던진다.

6년째 학생 동아리를 운영하면서 아이들이 책 읽는 마음으로 성장하는 과정들을 보는 것이 가장 보람 있고 뜻깊은 시간이 되었던 것 같다.

올해도 3월 초에 5, 6학년 대상으로 독서동아리 모집 공고를 내어 선생님의 추천 또는 희망학생으로 선발하여 최종 면

접을 통해 9명이 활동하게 되었다. 매주 화요일 방과 후 학교 도서관에서 모여 지난주에 선정된 도서를 읽고 함께 비경쟁 독서토론 방식으로 정직한 독자-질문하는 독자-토론하는 독자 활동으로 읽고, 생각하고, 자유롭게 표현함으로써 책 속과 나, 그리고 우리라는 삶과, 깊이 있게 들여다볼 수 있는 독서 활동으로 진행하였다.

비경쟁 외에도 독서 디베이트 토론도 동아리 학생들이 다각적인 의사전달 방법과 논리적 설득력을 기를 수 있을 뿐만 아니라 상대방의 의견을 존중하고 체계적이고 논리적으로 말하는 것을 배울 수 있다는 장점이 있다. 책에서 주제를 찾아 서로의 역할을 중요시하며 참여하는 아이들 누구나 할 것 없이 가장 긴장되고 흥미롭게 끌리는 시간이었다. 책 읽는 것 외에 북아트, 고서 책, 책놀이 활동도 겸해 재미있는 책 만들기 체험과 놀이로 연결하기도 한다.

아이들을 이끌어줌으로써 나 또한 성장했다. 책모임의 그 시간 동안 설레고 열정적으로 담아낼 수 있어서 좋았다. 가장 기억에 남는 것은 '게임중독 질병인가?' 토론 후 '나의 게임 약속' 포스터를 만드는 활동이었다. 아이들에게 잘 보이는 곳에 홍보하여 조금이라도 게임을 줄이고자 하는 동아리 학생들의 마음을 읽을 수 있었다.

책 한 권에 담겨 있는 다양한 삶과 생각들을 온전히 읽고 생각을 나눈다는 것은 나 아닌 다른 누군가와의 마음을 이해하고 다독여주는 성숙한 독서시간으로 여겨진다. 늘 그 시간이 기다려지는 이유는 책 속의 넓은 세계로 가는 마음이 폭넓게 담겨 있기 때문이다.

◇ 건강한 책 읽기의 영양소, 책 처방

책을 읽는다는 것은 누군가를 만나고 그들의 삶을 들여다보면서 대화를 나누는 마음을 갖는다는 것이다. 응축된 삶을 보지만 그 바탕 위에 우리의 삶이 넓은 세계로 뻗어가는 힘이 되리라 나는 생각한다. 책이 있는 곳에 문화가 있고 그 연결된 이음의 공간인 도서관이 있다. 우리는 도서관에서 마음의 안식처를 찾고 거대한 책들의 세계에 은유된다.

서두가 길었다. 학교도서관 이야기를 하고자 했는데 책에 대한 생각들이 떠올라 적었다. 학교도서관은 아이들의 책 이야기가 다양하게 펼쳐지는 곳이다. 이번 방학에는 그림책을 읽고 관련된 보드게임 교구를 사용하여 게임을 즐겼고, 책 고민을 들려주는 책 처방 약국을 운영했었다.

"공부가 하기 싫어요."

"글밥이 많은 책은 읽기가 어려워요."

"재미있는 만화책만 읽고 싶어요."

"책을 읽으면 눈이 감겨요" 등 다양한 책 고민들이 있었다.

나는 약간의 경험을 담아 책 처방을 했다. 그리고 관련 책을 읽어보라고 권했다. 비타민과 약봉지를 전하면 어느새 아이들의 미소가 번졌다.

책 처방은 아이들에게 건강한 책 읽기의 영양소를 제공한다. 고민도 들어주고 책 읽기로 자연스럽게 연결되어 좋은 시너지 효과가 나타났다. 책 읽기의 마음을 돋아나게 하기 위해서는 먼저 아이들의 마음을 헤아려 볼 수 있어야 한다. 그러기 위해서는 무엇이 고민이고 무엇이 부족한지를 상담하고 처방하면 아이들이 독서하는 태도가 조금은 변해갈 것이다.

학교도서관 사서는 아이 한 명 한 명의 마음을 헤아리는 진정한 부모의 자세를 지녀야 한다. 아이들과 함께 호흡하다 보면 새로운 사실을 발견하고 기록할 수 있다. 그렇게 책 읽는 마음을 품을 수 있도록 노력하는 것이 진정한 학교도서관 사서의 역할이다.

◇ 온라인 학교도서관이 나아가야 할 방향

순차적으로 온라인 개학이 진행되면서 원격수업이 현실화되었다. 온라인 수업의 준비과정을 통해 학생들과 온라인 소통의 장을 마련해야 한다.

그렇다면, 학교도서관은 어떻게 준비해야 하나? 도서관 이용교육, 책모임은 온라인 수업으로 가능하나 도서관의 크고 작은 독서행사는 상상하기 어렵다. 책을 대출하기는 어렵고 전자책은 가능하다. 전자책의 이용은 몇 년 전부터 감소하는 추세다.

구입한다고 해도 업체의 서비스 질이 떨어지거나 많은 이용자 간의 접촉 오류로 인해 단점을 보완해야 한다. 온라인 콘텐츠나 오디오북의 경우, 제작이 많지 않아 이용의 한계가 있다. 고민이 깊어진다.

요즘 학생들은 온라인에 익숙하다 보니 스마트폰과 유튜브 동영상, 온라인 게임을 잘 다룬다. 이런 장점을 최대한 살려 온라인 수업의 다양한 사례를 통해 최적의 방법으로 실행하다 보면 좋은 수업의 모델이 만들어지지 않을까 하는 생각이 든다.

학교도서관도 온라인 콘텐츠 발굴과 온라인 커뮤니티 활성

화에 노력해야 한다. 또한, 디지털환경에 최적화된 독서기반을 마련하는 것도 시급하다.

비대면 서비스도 좋다. 북 드라이브 스루, 북 테이크, 워킹 스루와 같이 다양한 방법으로 최적의 도서를 대출할 수 있도록 도서관과의 공유 서비스도 좋은 결과를 도출할 수 있지 않을까?

아무튼, 중요한 것은 코로나19가 종식되더라도 도서관 비대면 서비스가 많이 이용되기를 희망한다. "독서는 아무리 강조해도 지나치지 않다." 방법이 다를 뿐 새로운 환경에 대해 고민할 기회가 주어지리라는 믿음으로 우리의 사서는 사명감을 가져야 한다.

2019년 국민독서실태조사에 따르면 독서하기 어려운 이유로 학생의 경우 '시간이 없어서', 성인의 경우 '책 이외의 다른 콘텐츠 이용(29.1%)'이 많은 부분을 차지하고 있다. 온라인 공간에서는 시공간의 제약이 없다. 하지만 중요한 것은 책을 읽는 습관적 마음이 있어야 한다는 것이다. 이것은 온라인이나 오프라인에서도 마찬가지다. 이런 것들을 통해 도서관 이용과 참고 서비스가 질적으로 발전하고 새로운 전환이 될 것으로, 긍정적 의미로 받아들인다.

오프라인이 그리울 때 작금의 현실에서 온라인에 익숙하도록 도움을 주어야 할 때이다. 당장 어려워도 접촉하고 보완하다 보면 자연스럽게 습관화되지 않을까?

"어쩌면 학교도서관의 공간은 깊이 파고들수록 그 여운은 오래 남으며 보이지 않는 깊은 울림이 있을 것이다."

그림책이 준
선물

아이가 태어나고 저녁마다 그림책을 읽어주었지만 그때는 아빠로서 당연한 것이었다. 하지만 피곤한 상태에서 책을 읽어주다 보니 아이에게 미안함이 남아 있었다.

지금에 와서야 그림책이 왜 좋았는지 알 것 같다. 그림책은 세상의 나와 너, 우리를 포함한 세계를 넓혀가는 길이라 생각되었다.

"나를 가장 잘 아는 아이는 바로 나다."

- C.S. 루이스

'나'라는 주체적 삶을 살아가는 데 그림책은 한 장 한 장 넘길 때마다 그 세계가 그려주는 아름다움, 또 다른 세상과 연결할 수 있는 사고를 길러준다는 것에 매료되었다. 학교도서관 사서를 하면서 그림책에 빠졌고 그것은 아이들에게 고스란히 책 읽는 마음으로 전달되었던 것 같다.

그 시작점은 그림책 읽어주는 어머니 활동에서부터다. 교실에서 읽어주는 어머니의 모습이 진지할 뿐만 아니라 멋있어 보였다고 할까? 빠져드는 아이들의 얼굴에서 그 어떤 매력의 힘을 발휘하는 것이 매우 궁금했다. 나도 그림책을 읽어보고 실천해보았다.

처음 가는 날 선생님의 반응은 놀란 표정이었지만 아이들의 반응은 좋았던 것으로 기억한다. 엘 에마토크리티코의 『행복한 늑대』를 읽어주었는데 중간중간 따라 하는 늑대의 울음소리는 아이들의 집중과 몰입감을 높였다.

첫 반응은 괜찮은 편이었다. "선생님, 행복한 늑대가 정말로 행복하게 되어 다행이에요." "귀엽고 엉뚱하지만 정말 재밌어요" 등 신기한 반응에 아침의 하루가 뿌듯해지는 맑음 상태가 지속되었다. 그 계기로 여러 번 책을 읽어주었고 그때마다 새롭게 아이들의 눈망울이 초롱초롱 빛나던 회상이 스쳐 지나간다.

그림책은 나에게 많은 열정을 주었고 책의 새로운 것들로 생각과 사고, 관점을 달리 생각하게 될 뿐만 아니라 즐거움에 빠져들게 하는 선물을 주었다. 아이들에게 재미있는 이야기를 전하고 싶어 다양한 그림책을 골라 읽었다. 인기 있는 소재인 도깨비, 똥, 귀신, 방귀, 오줌싸개 등에서는 아이들의 반응이 확연히 드러난다.

중요한 것은 읽는 자세와 아이들에게 다가가는 동화 같은 마음이다. 그것들이 있으면 행복한 눈으로 곁눈질할 것이라 단언한다. 아이들이 학교도서관에서 읽은 그림책에 또 한 번 손이 갈 때, 책을 찾을 때, 나 또한 읽어준 보람이 커져만 가고 있음을 피부로 느낀다.

나에게도 변화가 생겼다. 서가에서 우연히 발견한 그림책이 한 아이의 마음과 행동, 책 읽는 습관에 얼마나 많은 영향을 미치고 있는지 알게 되었고 책임이 막중함을 느끼게 해주었다. 아이에게 더 가까이에서 책을 읽어주고 서로의 교감과 이야기에 귀 기울인다면 하루의 일상이 보람될 뿐만 아니라 또 한 번 더 챙겨주고자 하는 마음이 온몸으로 깊게 스며든다.

요즘은 학교에 오는 돌봄 아이들에게 그림책을 읽어주고 있다. 코로나19로 인해 힘들어하는 아이들을 보듬고 그림책을 통해 이 시간만큼은 책 이야기에 빠져보게 하였다.

그림책은 순수하고 단순하게 삶의 지혜를 넌지시 풀어주어 좋았다. 글과 그림이 함께 어우러진 그림책은 아이들에게 희망의 이야기를 노래하고 있기에, 세월이 지나 읽어도 미소가

절로 나올 것이다. 그림책 한 권이 가져다 준 다양한 삶과 교훈의 이야기가 우리 생활에 와닿기에 행복감이 있다.

그림책이 가진 힘이 크다는 것을 느낄 때 새로운 바람과 기대, 설렘이 공존한다. 아직도 온라인 개학에 학교는 멈춰져 있다. 등교개학이 되면 아이들에게 읽어줄 그림책을 연습하는 시간을 늘리고 있다. 아이들 만날 생각에 가슴이 뛰고 설렌다.

짐 트렐리즈의 『아이의 두뇌를 깨우는 하루 15분 책 읽어주기의 힘』의 내용을 빌리자면, 이 책의 목적은 아이들에게 읽는 방법을 가르치는 것이 아니라 아이들이 책을 읽고 싶어 하도록 가르치는 것에 있다고, 아이가 책을 사랑하고 학교를 졸업하고 나서도 오래도록 책을 읽고 싶어 하는 사람으로 키우는 방법을 알려주었다. 책 읽어주는 방법의 길잡이, 지침서라 더욱 오래 톺아보았다. 초보 부모에게 가려운 궁금증을 긁어주었다.

아이에게 책을 읽어주는 이유는 아이와 대화하는 의도와 같다고 말하는 것에 공감한다. 그 이면에는 서로의 교감지수가 높아짐에 자연스러움이 연결된다.

사례를 통한 책 읽기의 중요성은 구체적으로 곁들인 경험과 실질적인 사례와 연구가 연결되었고 특히 책을 소개한 부분도 의미 있게 도움을 주었다. 책을 읽어주는 가장 중요한 이유는 아이가 혼자서 독서를 즐기도록 동기를 심어주는(SSR 혼자읽기) 것이다. 학교나 가정에서 SSR의 시간을 주는 것도 매우 중요한 일상으로 자리 잡게 해야 한다. 아이의 변화된 모습을 보고 싶다면 부모의 역할이 중요하게 작용하기 때문에 꼭 읽어보기를 추천한다. 아이와 즐거운 책 읽기 시간을 가진다는 것은 서로의 마음과 마음이 통하는 시간이기 때문이다. 그 시간만큼이나 아이는 한 뼘 자란다.

책을 대하는
겸손한 마음

책은 우리 곁에 늘 존재해왔다. 책은 우리에게 사유와 정보, 지식, 때론 감동을 곁들여 현실 혹은 이상적인 부족함을 채워주기도 한다. 도서관에 가면 엄청난 양의 책이 서가에 청구기호 또는 수입 순으로 가지런히 나열되어 있다. 압도하는 그 분위기에 매료된다.

제목만 보아도 끌리는 책은 저절로 눈길을 끌고 손에 잡힌다. 그 책을 읽다 보니 누군가 밑줄을 긋거나 찢어진 흔적들을 발견한다. 지워도 지워지지 않는 페이지는 안타까운 아쉬움이 밀려오곤 한다.

엄연히 생각하면 이러한 행동에 대해 제재를 가해야 하겠지만 뚜렷한 도서관 규정이 마련돼 있지 않은 것이 현실이다. 훼손 또는 파손이 심할 경우 폐기하는 것이 최선이다. 그렇다면 인식 변화가 자리 잡는 게 중요할 것이다. 그것이 성숙한 시민의식으로 가는 지름길이겠다.

학교도서관 책들은 더 심하다. 학교도서관 도서 중 특히 인기 있는 책들은 낙서 또는 흠집이 있거나 찢어진 경우가 많다. 소설책은 특히 다음 페이지 내용에 대한 궁금증이 크다. 그런데 그 페이지가 찢어져 있다면, 책 읽는 사람들은 화가 날 수밖에 없다. 도서관 사서가 최대한 보수하지만 당연히 원 상태로 돌아가기는 어렵다.

학교도서관 사서는 이러한 책 훼손의 심각성을 알리고자 '세계 책의 날' 행사 때 훼손되거나 파손된 도서를 선별하여 전시하고 있다. 느낀 점을 쓰거나 아이들에게 책을 소중히 다루는 법을 알리고 있다. 하지만 일시적 전달일 수밖에 없다. 결국엔 개개인 인식 변화가 필요하리라 생각된다.

그래서 다른 방법을 시도해보기도 한다. 도서관 활용 수업에서 책 구조와 명칭을 설명하고, 직접 책을 만드는 과정의 동영상을 보여줄 뿐만 아니라, 책을 소중히 다루는 다양한 방법과 사례들을 들려주었다.

그리고 이세 히데코의 그림책『나의 를리외르 아저씨』를 읽어주어 책의 소중함을 느끼도록 했다. 책이 생명을 얻어 다시 태어난다는 것을 느끼도록 말이다. '를리외르'는 프랑스 제본 장인을 뜻하는 말이다. 그들의 세계는 지금도 예술의 한 분야로 인정받고 있다. 한때 400~500명이 활동했으나 지금은 세월의 변화에 그 명맥이 끊어져가고 있다. 프랑스 파리의 뒷골목 한 모퉁이에서 작업하는 를리외르를 만나보고 싶다. 사서와 를리외르는 책의 매개로 서로 통하는 관계다.

그들의 책을 대하는 겸손함과 소중히 다루는 장인정신을 우리는 눈여겨보아야 한다. 우리는 일상적으로 책을 너무 소홀히 다루고, 그 변화에 둔해져 있다.

책은 누군가에게 구매돼 읽히고 서가에 꽂혀 있다가, 헌책방으로 가거나 파쇄공장으로 간다. 이러한 헌책은 누군가의 과거이며 현재, 미래이기도 하다.

깨끗하게 읽힌 한 권의 책은 또 다른 누군가에게로 향하게 된다. 그 책은 다시 빛바랜 기억의 순간들이 축약되면서 또 다른 누군가의 귀중한 자산이 된다.

우리는 누군가의 책들을 기억하며 한 장 한 장 넘겨볼지도 모른다. 그럼에도 여전히 우리는 책을 함부로 대하고 있고, 이러한 현실에 안타까움을 느낀다. 어릴 때부터 책 읽는 것도 중요하지만 소중히 책을 대하는 겸손한 마음을 가질 수 있도록 해야 한다.

학교도서관과 독서

학교도서관에 있으면 1학년 아이들이 책을 읽거나 느낀 점을 쓰거나 말할 때, 궁금한 질문을 던질 때 천연덕스러움을 느낀다.

"느낌이 뭐예요? 생각한다는 것은요? 짧은 책 없나요? 재밌는 책 없나요?"

못하는 아이보다는 잘하는 아이에게 눈이 가고 한마디 더 칭찬이 가는 것은 무엇일까? 못하는 아이라는 것은 아직 가능성이 있는 아이로 생각해야 한다. 어른이 가진 태도이겠다. 자세히 알려주면 그래도 마음은 후련하지만, 잘 못 알아들으면 조금 힘들 때가 있다. 그것이 나의 한계이지만, 최선을 다하는 마음은 어른들의 기본적인 자세가 되어야 한다.

좋은 독서습관과 글쓰기 지도법은 솔직히 없다. 그 아이에게 조금이라도 도움을 주고자 한다면 먼저 내가 도움을 줄 수 있도록 어린이 세계를 알아가야 한다. 독서의 세계, 그들의 책 읽는 방법으로 스며드는 법이다.

하지만 독서란 원래 정답이 없다. 수많은 독서 방법이 나오고 있지만 유일하고 완벽한 왕도가 없어서 누구에게나 가능성은 항상 열려 있다는 것이 최고의 무기다. 그 아이 하나하나의 성격, 행동, 생각들을 잘 파악하는 것이 중요하다. 얼마나 가독성이 좋은 책을 읽는지도 큰 영향을 미친다. 그 아이에게 맞는 책을 추천하고 천천히, 자세히 들여다보아야 한다. 아주 느리게 찾아가는 과정이 어른이 지녀야 할 자세다.

빌 게이츠는 어릴 적 부끄러움이 많은 아이였다. 그러나 사서 선생님을 만나고 나서 적극적으로 자신의 표현에 자신감을 가질 수 있었다.

"그녀는 독서에 대한 사랑을 나와 공유하며 거북이처럼 숨어 살던 나를 바깥세상으로 나오게 했다. 쉬운 책만 읽던 나에게 자서전을 권장했고 독서를 마치면 책에 대해 나와 토론해줬다."

한 아이의 마음을 헤아릴 줄 아는 독서교육의 영향으로 시너지 효과는 배가 되는 것이 당연할지도 모른다.

또한, 아이에게 좋은 독서경험은 평생독자로 가는 중요한 밑거름이다. 어릴 때부터 책 읽는 습관이 길러지면 한 아이의 독서 세계는 성장의 토대가 된다. 하지만 아이의 성장과정은 다르기 때문에 다양한 방식의 독서경험을 만들어주는 환경을 갖추어야 한다.

과연 독서경험을 어디서 찾아야 할까? 도서관이다. 그중 학교도서관에서의 독서경험이 기초적 과정이다. 학교도서관은 평생독자로 길러내는 의미 있는 장소이기 때문이다.

국제도서관연맹(IFLA)은 "정보지식기반 사회에서 성공적인 삶을 영위하는 데 기초가 되는 지식과 정보를 제공하는 공간"으로 학교도서관을 정의했다. 학생들이 평생학습 능력을 기르고 다양한 기초지식과 정보를 활용할 수 있도록 독서경험을 익히고 쌓는 공간이 학교도서관이다.

초등학교 도서관에서의 독서경험은 평생독자로 이어질 가능성을 높인다. 학교도서관에서의 폭넓은 독서경험은 아이들의 학습과 성장에 영향을 미친다. 의문을 가지고 궁금한 것들을 질문하고, 말을 조리 있게 하게 되고, 글쓰기에도 기초가 된다. 책 읽기에 그치지 않고 책을 쓴 작가를 직접 만나거나 토론을 하며 문학기행을 하는 등 책과 관련된 다양한 도서관 활용 수업은 아이들에게 직간접 독서경험으로 자연스럽게 스며들 것이다.

독서를 통해 문제를 찾고, 이해하고, 공감하는 능력을 갖게 하고 생각의 힘을 키울 수 있도록 해야 한다. 학교도서관은 아이들에게 중요한 공간이다. 학생들이 정보활동을 수행하며 정보 활용능력과 문제 해결능력을 함양할 수 있는 적극적인 교육의 장이다.

독서란 결국 책을 통한 경험으로, 여러 갈래의 포괄적인 분야로 작용하는 뫼비우스의 띠처럼 연결되어 있기에 중요하지 않을 수 없다. 책과의 소통을 통해 아이의 세계를 이해하고 공감하며 거리감을 좁혀 나아가는 것은 매우 중요하다. 그 속에서 인격이 형성되고 독서의 경험을 통해 평생독자로 가는 중요한 길라잡이가 될 수 있으니까.

아이들이 학교도서관을 자주 이용하며 책을 읽을 수 있도록 좋은 독서 생태계로 환경을 조성하는 것은 학교도서관에 자연스럽게 올 수 있는 이유를 만들어준다.

4장

사서의
선한 영향력

도서관 홀릭에 빠진
응원의 메시지

임윤희가 쓴『도서관 여행하는 법』은 도서관을 속속들이 들여다보면서 사서보다 깊게 파고드는 여러 가지 경험의 에피소드와 도서관 이야기를 곁들여 풀어냈다.

얇고 작은 책에 꽂혔다. 저자는 문헌정보학을 전공하지 않았다. 본업은 책을 만드는 일을 하며 작은 출판사를 운영하고 있다. 책을 좋아하고 도서관을 습관적으로 가는 평범한 이용자이다. 그럼에도 불구하고 한 이용자로서 도서관을 이용하면서 느낀 개인적인 것부터, 사회적으로 고민해볼 수 있는 문제점들을 가장 속 시원하게 뚫어주고 있었다. 쓴소리도 서슴지 않았다.

나는 부끄러울 정도로 책에 몰입했다. 도서관이라는 곳은 앎의 장소이기도 하지만 때론 환대와 응원으로 성장하는 곳이라는 것을 새삼 느낄 때마다 나는 더 오래 생각에 잠기곤 했다.

우연히 들른 해외 도서관의 놀라운 광경들을 접하면서 그의 삶이 도서관 홀릭에 빠질 정도로 단단하게 박혀 뇌리에 또렷이 스며들었다. 저자는 도서관 여행의 시작점은 한 시민이 어떤 앎의 세계에 진입하려고 할 때 그를 응원하고 격려하며 도움을 주는 시스템이라고 말하며, 그런 시스템으로 사회 전체가 더 나아질 것이라는 믿음에서 시작했고 꿈을 살피기 위해 떠났다.

외국 공공도서관의 사례를 보며 놀랐다. 우리나라 도서관에게 시사하는 바가 크다. 사서가 인도하는 책 속의 길은 누군가에는 지식도 되지만 생명을 살리는 희망의 보고이기도 하다. 저자가 말하는 도서관은 우리가 펼쳐야 할 일들이다. 소외되고 어려운 이들의 위로의 공간이 도서관이라는 말에 공감했다.

나는 도서관에 가면 신간도서코너에 먼저 들러 책을 살핀다. 원하는 책이 없으면 도서검색대에서 책을 검색하여 찾아 편안한 소파에서 책을 읽고 좋아하는 영화를 보거나 도서관 이곳저곳을 배회하기도 한다. 너무 조용하다 보니 기침을 하게 되면 눈치를 봐야 할 정도라 신경 써야 하는 분위기다. 저자도 그런 고민들을 털어놓았다. 공감도 가지만 현실적으로

부딪힐 정도로 나를 바라보게 되는 성장의 시간이었다.

외국 사서의 이야기가 나올 때는 마음이 찔렸다. 그들의 전문적인 실력은 놀랍고 부러웠다. 사서의 필요성에 대한 목소리는 글의 필체에도 강하게 담겼다.

도서관은 여행자에게는 훌륭한 베이스캠프이자 현지인의 삶을 들여다볼 수 있는 유용한 팁의 천국이기도 하다. 사회 구성원에 대한 믿음, 책이 이들을 성장시키리라는 기대를 동시에 품고 있는 곳이라 저자는 말한다.

저자의 생각은 도서관을 사랑하는 마음이 함께하는 사회와 맞닿아 있었다. 소수자를 위해서도 접근성을 높이고자 하는 게 도서관이 추구하는 공공성이라고 그는 조언한다. 한 번쯤 되새겨볼 만하다. 사서보다 많은 것들을 알고 경험을 했고, 비밀스러운 보존서고에 들러 흥미로움에 빠진 것들을 보면 도서관 덕후임에 틀림없다. 서점과 비교도 하여, 도서관이 긴장해야 할 사안에 대한 그의 조언과 채찍질은 충고라기보다는 시대의 변화에 민감해야 함을 지적한 것이라 할 수 있다.

도서관 여행이나 책 여행을 떠나는 것도 나쁘지 않다. 왜냐하면 저자의 생생한 도서관 경험은 누구에게나 죽기 전에 꼭 가봐야 할 도서관 여행이 될 수 있지 않을까 하는 기대가 있기 때문이다. 작은 책이지만 우려먹어도 될 만큼 의미가 강하게 다가오는 책이다.

두 소년의 삶에
선한 영향이 되어준 사서

도서관에서 책을 정리하는데 눈에 띄는 제목이 있어 호기심이 갔다. 『도서관을 훔친 아이』라는 제목을 도서관을 사랑하게 된 아이라는 뜻으로 풀어보았는데 그것이 아니었다.

알프레도 고메스 세르다의 『도서관을 훔친 아이』라는 동화책은 두 아이의 질풍노도의 시기에 누군가의 선한 영향력이 한 아이를, 마을을, 도시를 바꾸어놓았다는 것, 아주 작은 것들이 때론 큰 위력으로 다가온다는 것을 잘 보여주고 있었다.

어려운 현실 속에서도 꿋꿋하게 삶을 이어가는 카밀로와 안드레스, 콜롬비아의 초라한 산토도밍고 사비오 마을에 사는, 방황하는 열한 살 두 아이의 삶 속으로 들어가보는 것은 순수한 이야기에 빠져들게 한다. 가난한 집안에서 태어났고 아버지의 폭력과 아무런 희망 없는 현실에서 두 아이의 세계가 어두운 삶으로 다가왔다.

"아이들에게 그 미로는 단지 동네가 아니라 온 세상이었다.

삶과 맞닿아 있는 도서관의 힘

확실한 경계를 지닌 세계. 한쪽으로는 계곡 아래로 숨겨져 있어서 잘 보이지 않는 강이 있고, 다른 쪽으로는 하늘에 그림이 그려진 것처럼 보이는 산봉우리가 있다. 그리고 저 멀리 험준한 벼랑이 있다. 끓어오르는 거대한 물주전자처럼 삶이 용솟음치는 공간이다."

열한 살이 겪는 비참한 현실은 나아지지 않고 그 속에 그려진 삶의 행동과 이야기가 측은했지만, 용기를 잃지 않는 모습에 내 마음도 단단해지는 느낌을 받는 것만 같았다. 절대 절망할 수 없는 일들이 두 아이에게 우연히 기적으로 일어난다. 메데인시에 도서관이 지어졌기 때문이다. 그곳에서 사서 선생님 미르를 만나면서부터 나쁜 감정의 기운들이 사라진다.

그 전에도 도서관이 만들어지기 전 도서관 공사장에서 벽돌을 훔쳐 자기 집을 만드는 데 이용하였고, 도둑으로 몰리자 진흙으로 벽돌을 가렸지만 비가 와서 진흙이 씻겨 내려가면 카밀로는 다시 붙이는 작업을 하며 고된 일상을 보냈다. 또 하나, 도서관에서 책을 훔쳐 라파엘 술집에 팔아 아버지의 술병으로 바꾸었다.

앞으로도 도둑으로 살겠다는 소년의 의지는 도서관 사서 미르를 만나면서 바뀐다. 양심의 가책을 느끼고 감정의 악함이 녹으면서 마음이 움직인다. 도난 경고음이 울리지 않는 것은 미르 사서의 믿음과 사랑에서 비롯되었다는 것임을 알게 되었다.

"내가 탐지기 주인이니까 내가 원할 때만 작동이 되거든."

그리고 마지막 장면에서 책을 껴안고 자는 카밀로를 보면서 앞으로 그 소년이 어떤 선택을 하고 더 나은 삶을 그려가는지 궁금하다. 두 아이의 삶을 응원하며, 더 나은 꿈이 소년들의 마음을 설레게 하였으면 좋겠다.

아마도 사진을 가지고 미르 사서 선생님에게 찾아갔을 것이다. 두 소년은 도서관 회원증으로 책을 빌리고 읽으면서 새로운 세상으로 나아가지 않을까 하는 긍정적인 생각을 해보았다. 두 소년과 사서의 만남은 우리에게 참다운 감동과 여운을 준다. 세상을 나아가는 통로, 환대의 공간 도서관은 새로운 세계로 열려 있는 천국의 문이었다.

안토니오 이투르베가 쓴 장편소설『세상에서 가장 작은 도서관』이라는 실화 소설책에서도 아우슈비츠 수용소에서 열네 살 소녀가 목숨을 걸고 지킨 여덟 권의 책과 인간의 존엄은 그 어떤 세계보다 위대하고 따뜻한 희망의 이야기다.

책과 도서관 그리고 사서는 어떻게 선한 영향력의 존재가 되는지, 다시 한번 그 울림은 배가 되었다. 이 책을 읽고 사서로서의 자부심과 책임감이 강하게 다가온다. 누군가의 선한 영향력이 개인, 사회, 국가를 바꿀 수 있다는 것에 마음가짐을 새롭게 다지게 된다.

제2의 카밀로, 안드레스처럼 작고 여린 이용자를 포용하고 나은 삶으로 환대하는 도서관과 사서의 선한 영향력을 동화책에서 배웠다.

사서가 쓴 도서관 일상의 전지적 시점

> "그러나 도서관은 영원히 지속되리라. 불을 밝히고, 고독하고, 무한하고, 부동적이고, 고귀한 책들로 무장하고, 부식되지 않고, 비밀스러운 모습으로 말이다."
>
> - 호르헤 루이스 보르헤스, 『바벨의 도서관』 중

보르헤스의 예언처럼 포스트 코로나 시대에 도서관은 지식 확장의 공간이자 저장고이면서 여전히 수많은 파편들로부터 열린 공간으로서의 역할을 충실히 해내고 있다. 지금의 심리적 불안에도 도서관은 코로나 블루의 의미를 무색하게 할 정도로 심리적 안정감을 주었다.

해리포터에 나오는 9와 3/4 플랫폼으로 통과하는 마법의 세계처럼 도서관의 공간은 신기하면서도 4차원의 블랙홀 같은 존재다. 어느 날 매일 출근하는 사서의 일상과 그곳에서 벌어지는 삶의 평범성은 여전히 우리가 살아가고 있는 사람들의

삶과 맞닿아 있는 도서관의 힘

노력이 만들어놓은 결과물이다. 버지니아 울프가 도서관을 '파묻어 놓은 보물로 가득 찬' 보물상자로 묘사한 것처럼 신비한 것들에 숨겨진 것들을 우리는 궁금해 하고, 찾고 싶어 한다. 그 여행의 길에서 생각의 변화도 있을 것이고 달리 새로운 세계가 펼쳐질 것이다. 그 선한 유혹이 우리를 도서관으로 끌어당긴다.

대치도서관 사서들이 쓴 『도서관 별책부록』은 또 다른 일상에서 마주하는 사서의 고민과, 도서관을 생각하는 저자들의 애착이 빚은 노력의 결과물이겠다. "이용자와 함께 있을 때 사서의 눈은 더욱 빛나기 때문이다"라는 문장에서 공감을 얻는다. 도서관은 이용자를 위해 존재하기에 질문 하나하나에 귀 기울이며 참고 서비스하는 정신은 사서의 숙명이기 때문이다. 도서관에 있는 수많은 책 하나하나에 사서의 손길이 닿아 이용자의 숨결에 온기를 불어넣어주어야 그 생기가 오래 지속될 것이라 언급했다.

영화 속 다양한 사서 캐릭터의 모습들은 도서관 이용자에게 큰 이미지로 다가오기도 한다. 장면 하나하나에 나를 투영해보며 도서관의 잘못된 이미지들을 바로잡는 것도 사서가 해야 할 일이다.

이용자와 말 한마디 주고받을 수 있는 소소한 공간이 만들어낸 대치도서관 사서들의 열정을 고스란히 글로 녹여냈다. 평범한 하루하루가 얼마나 고마운지, 코로나19의 어려웠던 시간 동안 다분히 더 단단하게 만든, 미처 발견하지 못했던 사서의 시간이었다.

저자들의 도전은 고스란히 도서관 이용자의 수준 높은 독서문화로 이어지고, 봉사정신에는 배우고 싶은 강인함이 배어 있었다. 책을 읽는 내내 나 또한 사서의 일상이 늘 이용자에게로 향했다는 것에 놀랐다. 책 읽는 묵상의 시간은 늘 좋은 생각들을 행동으로 옮긴다.

> "이 세상에 어리석은 질문은 없다. 그 어떤 질문도 할 자격이 있으며 그 질문에 대답해야 할 의무가 있다. 사서란 이런 역할을 하는 존재다. 어떤 질문이든 성심성의껏 답해주는 것. 이용자들에게 질문하는 기쁨을 주는 것. 이것이 바로 도서관에서 말하는 진정한 '정보서비스'가 아닐까?"
>
> - 대치도서관 사서들, 『도서관 별책부록』 중

도서관은 보편적 정보를 제공하는 공간에서 벗어나 자유롭게 소통하고 다양한 경험이 잉태된 곳이기에 사서는 언제나

변화에 능동적으로 대처하여 이용자의 삶에 자연스럽게 스며
들어가야 한다. 여기 대치도서관 사서들처럼.

사서의 일은,
가슴 벅찬 일

아침 출근길에 만난 과일장수의, 떡집 사장님의, 꽃가게 플로리스트의 일상이 여유로워 보이지만 그 속을 들여다보면 과일 하나, 떡 하나, 꽃 하나에도 의미와 빛이 존재한다. 우리는 평범한 일상을 꿈꾸고 있지만 누군가에게 다가가는 마음을 품고 있다. 또는 『연금술사』에 나오는 산티아고처럼 여행에서 만난 사람들을 통해 자아를 찾아가는 진정한 순례자로서의 삶은 나를 오롯이 성장하게 하기도 한다.

사서로 일하고 있는 나는 책 한 권을 통해 다시 나의 정체성을 생각해보는 시간을 갖게 되었다. 양지윤 사서가 쓴 『사서의 일』은 그저 평범한 일상이지만 그곳은 때론 혼자만의 비밀공간이 되고 때론 무수한 일들이 일어나기도 하는 공간이 된다. 도서관의 시간은 늘 비슷하게 흘러가지만 도서관이 마치 광활한 우주 같다고 말한 저자는 항해사가 되어 그 안을 별 하나처럼 아끼고 사랑하는 마음을 가지고 있었다.

삶과 맞닿아 있는 도서관의 힘

누군가에게는 늘 경험하는 일상이지만 세심한 배려가 없다면 작은 것들의 존재는 드러나지 않을 것이다. 작은도서관 지혜의 집은 외딴섬에 있다. 하지만 풀리지 않는 의문이 있다면, 이 작은 외딴섬에도 봄은 오고 있다는 것. 문화강좌가 열리고 작은 고민거리가 때론 큰 위력을 발휘하고 재능기부로 만들어가는 이 공간은 또 다른 삶에 대한 기대로 가슴 뛰게 하는 신비한 것들로 채워졌다.

지혜의 집은 분명 작은도서관이다. 대형 도서관의 규모나 서비스에 비하지 못하지만 그 안에는 우리의 이야기가 있고 문화가 흐르고 있다는 것, 참으로 놀랍고도 신기한 일이다. 바라보는 인식의 차이일 뿐 우리가 바라는 모든 것들이 이 작은 도서관에 눈이 가게 하고, 계절이 바뀔 때마다 그 안의 우주는 색다른 묘미를 풍겼다. 학창 시절을 이야기할 때마다 그때 책과 접한 순간들이 도서관 사서를 하면서 빛을 발하고 새 생명을 잉태하는 도서관에서 그런 경험들이 고스란히 우리의 삶으로 전달되고 있었다.

"이곳을 찾아와 이야기를 털어놓는 사람들의 목소리에 가만히 귀 기울여주는 것. 그들이 도서관을 나설 때 마음속에 조금의 온기라도 채워 돌아갈 수 있도록…"

사서란 본래 인류문명의 축적된 지적 산물을 사회와 연결해주는 일이라는, 거대한 거시적 안목을 지녔다 하지만 한편으로는 따뜻한 온기가 잠시 그 작은 도서관에서 퍼지는 것은 세상 모든 것들이 느리게 흐르고 있음을, 가끔 그곳에는 또 다른 새로운 공기들이 모여 가슴 벅찬 일상을 마주했으면 좋을 것 같다는 생각이 든다.

나로서의 성장뿐만 아니라 도서관에 오는 이용자가 잠시 마주하는 미묘한 점들이 모여 책이란 큰 물성과 마주하는 힘을 지녔다. 작은 도서관에 놓인 작은 것마저도 그저 소중하게 다가오는 글이었고 책이었다. 당신이 몰랐던 작은 도서관일지도 모른다. 가지 않고 보지 않고 경험해보지 않는 이상 작은 도서관의 책, 공간, 사서에 대해 알지 못한다. 도서관은 열려 있다. 누구나 함께 만들어가는 것이기에 분명 특별하다.

텃밭이 자라고 어느 때는 고양이가 수시로 들락거린다. 정적을 깨우는 이용자가 넌지시 건네는 간식거리는 어쩌면 이런 평범한 일상이 책과 연결된 튼튼한 매개체다.

"내가 세상에서 가장 큰 지도에 둘러싸인 채 일하고 있다는 것."

이 책은 한 사서의 개인적인 기록이자 성장기이다. 그의 선한 영향력은 아주 작은 배려에서도 보였고 소심하지만 늘 친근한 것이 무기이기도 하고, 빈 곳을 채워가며 의미를 부여하는, 저자만의 끌어들이는 장점이 있었다.

이용자와의 거리는 늘 가깝다. 그 환대의 공간에서 저자가 할 수 있는 일들은 무궁무진했다. 우연히 운명을 바꿀 책을 찾거나 알려주는 행위는 부드러운 바닐라라떼처럼 달콤하다.

사서란 환대의 공간에서 치열하게 살아가는 '나 아닌 너'와 함께 눈을 마주치는 일들이다. 이 책이 준 것들은 단순히 사서의 일상이지만 다분히 소소한 것들이 때론 강한 끌림을 준다.

책을 찾을 때의 묘한 짜릿함, 최초의 기억이 도서관이라는 말들, 서로의 세계를 씨줄과 날줄을 삼아 엮어 연결하는 곳이 작은 도서관 지혜의 집이다. 그곳에서는 책들에게 생명을 불어넣는 일상이 자연스럽다.

운명을 만나고 나의 꿈을 만나는 것이 값지지만 사유하는 자체만으로도 그 영향은 무수한 가능성의 열쇠다. 사서라는 일이 책을 다루고 책 속의 무수한 문장들을 누군가에게 가슴 벅찬 일로 채워주는 것이기에 나는 그 운명을 받아들인다. 멋진 일이다. 알아주지 않는 알찬 일이기에 그들의 눈빛을 기억하고 또 보듬어주고자 노력해야겠다는 다짐을 해본다.

늘 똑같은 풍경과 익숙한 시간 속에서 무기력해질 때 사람들을 생각하는 일은 이 작은 공간을 찾아오는 사람들을 떠올리며 기록하여 보이지 않는 위안과 새로운 성장 가능성을 넣었다. 나는 알고 있다. 사서란 늘 고민해야 하고, 고민하는 삶을 통해 도서관이라는 물리적 공간이 사람 냄새나는 곳으로 북적이게 한다는 사실을.

도서관 사서 일의
모든 것을 알고 싶다면

사서라는 직업을 두산백과에서 찾아보면 "사서(司書)란 각종 도서관 및 자료실, 정보기관에서 이용자의 정보 요구를 충족시키기 위하여 문헌을 수집·정리·보관하고 대출 서비스 및 필요 정보를 제공하는 전문 직종을 말한다"라고 정의하고 있다.

전문 직종이라는 말이 참 좋았다. 판사, 의사보다 삶을 가치 있게 만들어간다는 것에 자부심을 가져왔다. 시간이 지나도 책 속의 진실을 걸어간다는 것은 쉬운 일이 아닐 것이다.

사서는 책을 다루지만 결국 좋은 도서관 서비스에 가치를 담아내어야 하는, 사람과의 관계 속에 있다. 사서라는 직업은 알면 알수록 매력이 있는 직업이다. 나는 그렇게 버텼고 현재도 그 매료에 만족하지 않기에 꾸준히 자기계발과 도서관에서의 발전 가능성을 키워가고 있는지도 모른다.

늦게 시작한 만큼 도서관에서 벌어지는 일상적인 일들이 늘 성장의 기회로, 가능성으로 펼쳐져 있다. 도서관에 오는 이용자 중 누군가는 사서의 직업에 대해 궁금해 할 것이다. 나도 그중 한 명이었다. 그렇게 나는 사서가 되었고 도서관에 내 집처럼 출근하고 있으니 더할 나위 없이 감사할 따름이다.

학교도서관에서 근무하면 몇몇 아이들이 사서를 직업으로 희망한다. 나는 그 아이들과 꼼꼼하게 이야기를 나눌 뿐만 아니라 관련 책을 권하기도 하고, 아주 작은 봉사의 기회도 주었다.

그 아이들이 자라 그때의 감각들을 기억하고 도서관을 사랑하게 될 것이라는 믿음에서 도와주고 싶었다. 또 어느 날 6학년 아이들이 인터뷰하러 왔을 때도 뿌듯했다. 자기 직업을 사랑한 만큼 아이들에게도 자랑스럽게 비치기 때문에 학교에서 더 열정적으로 알리고 싶은 마음이다.

홍은자 사서가 쓴 『나는 도서관 사서입니다』라는 책은 사서의 일들에 대해 설명하는 책이면서도 선배 사서로서 당부의 말도 실려 있는 길잡이 책이다. 안과 겉을 잘 파고들며 사서를 준비하는 청소년들에게 세세하고도 명확하게 알려준다. 나 또한 매너리즘에 빠질 때 다시 한번 마음의 자세를 잡아가는 데 힘을 준 책이다.

고대부터 현재까지 한 번도 사라지지 않고 지금까지 존재하는 직업, 사서는 그 무엇보다 도서관의 역사와 함께하면서 많은 세월의 변화에 맞게 변신을 거듭하지 않았을까?

하지만 유독 우리나라에서 사서의 직업을 낮추는 경향이 남아 있다는 것이 마음 아프다. 편하다는 편견으로 도서관을, 책문화를 우리 스스로가 낮추지 않았을까? 작금의 현실에서 몇몇 이용자들은 아직도 전통적인 시각에 머물러 있다 보니 사서를 그저 단순한 직업으로 생각하고 있다는 것이 안타까웠다.

정보 부족과 편견이 사서에 대한 오해를 불러왔지만, 이 책으로 사서를 꿈꾸는 청소년들이 도서관과 사서에 대한 이해의 폭을 넓힐 수 있도록 썼다. 그런 밑거름이 모여 도서관의 가치는 높아질 것이고 사서는 수준 높은 서비스와 이용의 가치를 향상할 수 있을 것으로 나는 자부한다.

사서가 되고 싶다면 먼저 도서관을 자주 방문해야 한다. 도서관의 시설과 분위기, 공간을 돌아보며 익숙해져야 한다. 익숙해지는 것은 도서관 이용의 효율성을 높일 뿐만 아니라, 다양한 공간에 접촉한 시간이 훗날 깊게 들여다볼 수 있는 힘을 키울 수 있다는 것이다.

도서관 서가를 여행하며 책과 친해지는 시간을 자주 가져야 한다. 빼곡한 서가를 여행하다 보면 다양한 책들을 알아갈 수 있고 책을 보는 안목을 키울 수 있다. 도서관에서 운영하는 봉사활동이나 재능기부, 독서동아리 등에 적극적으로 참여하는 것도 도서관을 알아가는 데 좋고, 도서관과 접촉하는 시간이 늘어날수록 도서관 및 사서의 일들을 보다 잘 익힐 수 있다. 사서와의 솔직 담백한 대화는 도서관의 또 다른 세계를 경험하는 것과 같아 많은 도움을 받을 수 있는 중요한 시간이 될 것이다.

사서는 책을 대할 때나 이용자를 대할 때에 감동의 폭을 넓혀가야 한다. 도서관은 사람을 만들고 무엇보다 독서문화 의식을 만들어가는 데 중요한 물성이다. 도서관에서 보이지 않는 일들을 하는 도서관 사서는 그만큼 없어서는 안 될 존재이다.

에필로그

『세계 도서관 기행』을 쓴 유종필 저자는 가장 좋은 도서관이란 "집에서 가까운 도서관"이라며 일상생활에서 도서관을 가까이하는 삶을 강조한다.

삶에 있어서 도서관이 왜 좋은지, 왜 이용해야 하는지, 공공도서관이 지닌 것들의 피그말리온 효과처럼 우리가 당연히 누려야 할, 문화적 생활 시민으로서의 기본적 의무이기 때문이다.

도서관은 한 아이가 태어나면서 누려야 할 일생이 담긴 곳이다. 칼라 모리스의 『도서관에서 키운 아이』 그림책은 멜빈이라는 주인공 아이가 첫 인생 도서관을 만나고 줄곧 도서관에서 평생 배워가는, 삶의 성장 과정을 그렸다. 그런 도서관을 이제는 여러분이 누릴 때이다.

나는 사서이기도 하지만 동네 도서관을 자주 이용하는 열혈 이용자이기도 하다. 사서로, 이용자로 도서관에 다녔던 일상의 삶을 공유하고 싶었다. 선한 영향력을 받았기에 이 글을 쓸 수 있었다.

도서관이라는 물리적, 정서적 공간에서 많은 것을 느꼈다. 매너리즘에 빠지거나 번아웃이 왔을 때 그 고통 속에서 나를 꺼낸 것은 책이었다. 도서관에서 읽은 책들이 오랜 스승처럼 나를 위로해주었고 공감해주었다. 그런 시간들이 남아 있기에 오늘도 도서관으로 출근하는지도 모른다. 도서관에서 세상의 이치를 배웠고, 나로 살아가는 법을 도서관이 가르쳐줬다.

그만큼 도서관을 자주 이용하다 보니 생활이 변하고 품격이 향상되는 기분이다. 취업준비, 인생 상담, 노후와 육아에 대한 이용자의 도움이 필요할 때, 그 모든 개인적 활동이 도서관에서 누리는 과정이다.

어릴 때 부모와 함께 도서관을 찾는 아이는 자신이 부모가 된 후에도 도서관을 찾는 경우가 많기 때문에 첫 설렘의 도서관 여행은 중요할 수밖에 없다. 접근성도 좋아야 하겠지만 자연스럽게 동네 놀이터 가듯 자주 접하게 해주는 습관, 루틴이 필요하다. 부모의 역할이 곧 도서관을 좋아하게 하는 계기가 됨을 간과하지 말아야 한다.

에디슨은 소년 시절에 디트로이트 도서관을 자주 찾았다.

도서관에 있는 책들은 분야를 가리지 않고 모두 읽었다. 독서를 통해 영감을 얻었고 자신의 연구소를 세울 때에도 도서관을 가장 중요하게 생각했을 정도로, 어릴 적 그의 습관이 만든 힘이라 생각된다.

온라인에도 도서관을 즐길 수 있는 혜택이 많다. 전자책이나 오디오북, 전자저널, Web DB 등 온라인 콘텐츠를 편리하게 받아볼 수 있다. 희망도서 신청, 도서예약, 연장뿐만 아니라 타 도서관의 자료를 신청할 수 있는 상호대차(책두레)도 눈여겨볼 만한 서비스다. 챙겨볼 만한 것들이 많았고, 특히 비대면 독서 프로그램도 인기가 있어 서둘러 신청해야 수강할 수 있을 정도다. 맞춤형 북 큐레이션이나 온라인 독서모임도 요즘 이용자의 만족도가 높아지고 있다. 무인 도서관인 스마트 도서관에서도 책을 대출할 수 있어 편리하고 안전하게 이용이 가능하다.

도서관이 한 사람 한 사람의 라이프 스타일로 스며들기 위해서는 도서관 리터러시 교육이 강화되어야 한다. 알고 나면 부자가 된 기분처럼, 삶에서 얻는 것들이 무궁무진하다는 사실이다.

얼마 전에 우편물로 책 한 권과 편지를 받았다. 김지우 사서가 쓴 『사서가 바코디언이라뇨』라는 책이다. 사서라는 직업에 대한 궁금증을 아주 자세하고도 현실감 있게 풀었다. 왜 도서관에 사서가 필요한지 고민한 흔적들을 털어놓았다. 오해와 편견이 낳은 사서의 고충은 날로 심각해지고 있지만, 묵묵히 도서관 이용자를 위한 참고봉사와 행사, 수서 등 어느 하나 소홀히 할 수 없다. 열악한 환경 속에서도 사서는 아주 작은 것들을 세심하게 살핀다.

도서관 이용자의 인식 변화와 이용하는 수준, 태도가 조금씩 나아지고 있다는 것은 긍정적이다. 그런 문화가 성장할수록 사서의 역할도 중요하게 다가올 것이다. 도서관을 찾는 누군가에게 사서는 함께 성장하며 아주 가까이에서 책을 매개로 삶을 풍요롭게 연결시키는 존재가 된다. 도서관이 가진 공공성보다는 그 안의 정체성을 담아 새로운 문화가 열려 있다면 그 가능성은 무궁무진하다.

도서관 이용자를 위한 정보전달부터 책의 안내까지, 몰랐던 사실들을 알고 나면 생각이 바뀔 수 있기를 바라는 마음이 녹아 있다. 사서가 전하는 다양한 메시지가 담겨 있고, 나 또한 사서로서의 새로운 마음가짐이 생겼다. 단순히 책을 정리하고 대출하는 사람이 아니라 이용자를 위한 다양한 책의 서비스를 전달할 뿐만 아니라 평생의 삶을 응원하는 조력자로서 현실감각에 맞게 적응하는 능동적이고 개방적인, 역량 있는 사서의 역할이 중요해졌다.

도서관을 이용하는 이용자의 문화 수준이 올라갈수록 사서의 존재 가치가 향상되는 것은 당연한 결과이다. 그 공간을 변화시키는 사서가 왜 중요한지를 알게 되기 때문이다. 사서가 전하고 싶은 일상의 도서관 활용은 여러분의 의지에 달려있다. 그 공간에서 차별 없이 누구나 평생 누릴 자격이 있다.

책을 빌리거나 인문강좌를 들을 수 있고, 책모임, 글쓰기 모임에 가입할 수 있다. 집중해서 책을 읽거나 모든 서가에 있는 책들을 탐방해 보는 것은 도서관만이 지닌 장점이다.

아이와 함께 도서관에서 즐기자. 생각하고 사유하는 마음이 생기는 공간, 우리가 평생 일상적으로 오고 가는 공간이 도서관이면 좋겠다. 도서관이 존재하는 이유다. 이용자의 활동범위가 넓어질수록 도서관의 존재 가치는 빛날 것이다.

나는 어느 시골마을의 작은도서관에 우연히 들른 적이 있었는데 가장 인상 깊었던 것은 농사정보와 관련된 책들이 분류되어 있었다는 것이다. 사서는 없었지만, 마을의 주민들이 이곳을 찾는 이용자에게 책과 연결하여 농사짓는 법부터 텃밭, 귀농에 대한 이야기를 들려주고 있었다. 직접 텃밭을 분양하고 싶다는 주민도 있었다. 책과 사람의 인연이 만나는 이 작은 공간에서 희망을 보았다.

좋은 도서관은 많지만 공간에서 흐르는 책문화는 하루아침에 일어나지 않는다. 공간을 생각하고 사서의 끊임없는 참고서비스 정신과 이용자의 용기 있는 질문 하나가 모두 도서관을 고귀한 것들로 채워가는 과정이다.

사실 나는 이 글을 쓰면서 앞으로의 도서관 여행 탐방에 부풀어 있었다. 가보지 않았던, 책에서만 보았던, 우연히 들러볼 도서관을 생각하면 설렌다. 그곳에는 또 어떤 이야기가, 어떤 문화가 나를 기다리고 있을지 궁금해진다.

이 시간을 빌려 나를 헌신적으로 도와주는 아내와 잘 자라준 아들, 시골에서 작은아들을 늘 잘 챙겨주고 걱정해주는 부모님께 고맙고 감사하며 사랑한다는 말로 수줍게 인사드린다.

고요한 밤 서재에서

강상로